30대에 기획되어
필독주의

애플북스

글 김이영 · 그림 김달리

할용주리야
30대입니다만

매일 출근하는 나에게 줄 지혜 한 스푼을 위하여

아무도 말해준 적 없는
질풍노도의 30대를 지나는 당신에게

30대가 되면 원하는 삶이 펼쳐질 줄만 알았다.

시험공부 하느라 봄볕을 뒤로하고 도서관에 가지 않아도 되고 더 이상 취업난에 시달리지 않아도 되는 나이. 이번에는 학점을 더 끌어올릴 수 있을지, 지난주 면접 본 회사에서는 연락이 올지 불확실한 것투성이인 20대와는 다를 것이라 믿었다.

원하는 대학에 합격하기만 하면, 중간고사를 잘 보기만 하면,

원하는 직업을 가지기만 하면 될 줄 알았다. 30대가 되면 20대에 나를 옥죄고 있던 모든 속박과 굴레에서 벗어나 여유롭게 살 줄 알았다. 그것은 슬프게도 망상이었다.

나는 어릴 때부터 부모님과 선생님의 말씀을 잘 듣는 모범생이 었다. '좋은 대학에 가야 해' '안정된 직장을 잡아야 해' 20대까지 는 사회에서 설계해놓은 생애주기별 가이드라인이 나의 욕망인 줄 알고 그에 부합하기 위해 노력했다. 안정적인 직업 대신 에디 터라는 직업을 선택한 것 정도가 최대의 일탈이라고나 할까. 사회 에서 정해놓은 인생의 퀘스트(게임을 원활하게 진행하기 위해 이용 자가 수행해야 하는 임무 또는 행동)를 하나씩 해치우고 숨을 고르려 할 때 진짜 고민이 시작됐다.

30대의 나는 여전히 이 일이 천직인지 아닌지 고민하고, 다달 이 주택청약 저축에 기약 없는 자동 이체를 하며 언젠가 정원이 딸린 집에서 잔디밭에 배를 깔고 책을 읽다 잠이 드는 상상을 한 다. 내가 진심으로 원하는 삶이 무엇인지, 진짜 잘하는 게 무엇인 지도 모르겠다. 30대에 마주한 문제들은 20대의 그것보다 더 불확실하고 알 수 없는 것들뿐이었다.

출구를 알 수 없는 질풍노도의 감정에 휩싸인 나는 하소연할 데 없는 마음을 써 내려가기 시작했다. 대부분 출근길 지하철이나 퇴근하고 코타츠(일본에서 쓰이는 온열기구로, 나무로 만든 밥상에 이불이나 담요 등을 덮은 것)에 앉아 축 처진 기분을 어루만지며 썼다.

30대를 정의하는 말은 '성숙'이나 '안정'이라고 생각했지만 지금 보니 '혼란스러움'에 더 가까운 것 같다. 처음 이 책을 쓸 때만해도 있는 그대로의 나를 마음껏 좋아하게 되고 진정 하고 싶은 것을 찾아 어디론가 훌훌 떠났다는 결론으로 마무리될 줄 알았지만 질풍노도의 30대는 여전히 현재진행형이다.

아무도 말해 준 적 없는 이러한 30대를 지나며 세상에 홀로 거센 바람을 맞고 있는 듯한 느낌이 들 때 이 책이 조금이나마 마음을 어루만져주면 좋겠다. '다른 사람들은 다 잘 사는 것 같은데 나만 유별난 걸까?' 자책할 때도 당신만 그런 게 아니라는 위로가

되면 좋겠다. 이 세상은 내 마음을 알아주는 한 사람 때문에 살아
갈 힘을 얻기도 하니까.

이 책이 당신에게 그런 존재가 되었으면 좋겠다.

 2장
일하는 서른의
고군분투 일상을
말하다

3장

서른,
비로소
나를 알게 되다

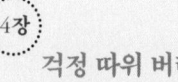 4장

**걱정 따위 버리고
찬란한 오늘을
살아가기**

1장

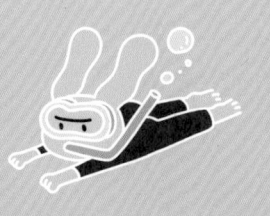

두 번째
질풍노도의 시기가
내게 왔다

행복 회로,
고장이
나다

'인생 노잼', 질풍노도의 시기에서

이런 말 하면 어떻게 들릴지 모르겠지만 나는 지금까지 대부분 행복하고 아주 가끔만 불행한 편이었다. 그러던 내게 언제부턴가 이상한 일이 생겼다. 행복 대신 어두운 그림자가 나를 지배하기 시작한 것이다.

뚜렷한 이유를 알 수 없는 이 '불행'이란 감정은 초조함으로 번졌다. 마치 영화 〈인사이드 아웃〉처럼 감정 회로가 고장 나, 기쁨이$_{joy}$가 길을 잃은 건지도 몰랐다. 부정적인 생각에 휩싸인 일상은 길을 잃고 어디론가 추락하는 것만 같았다. 나를 둘러싼 것들은 그대로인데 정작 '나'는 출구 없는 나락으로 한없이 떨어지는 기분이었다.

그동안 느껴본 적 없는 감정을 마주하려니 매우 당황스러웠다. '남들은 이럴 때 어떻게 대처할까?', '왜 나에게 이런 시련이 찾아온 걸까?', '이런 게 혹시 우울증인가?' 등 별의별 생각을 다했다. 나와는 반대로 대부분 우울하고 가끔만 행복한 기분을 느낀다는 후배에게 털어놓았더니 "선배, 뭘 해도 재미가 없나요? 혹시 '인생 노잼' 시기 아닐까요?"라고 말했다. 동생에게 이야기했더니 "'오춘기'야?"라고 되물었다. '오춘기'는 난생처음 들어봐서 인터넷에 검색해봤다. '사춘기가 지난 시기에 찾아온 질풍노도의 시기'를 의미했다. 그간 '인생 노잼' 시기, '오춘기'라는 말조차 처음 들어볼 정도로 불행이나 우울과는 동떨어진 곳에서 살아온 내게 대체 무슨 일이 벌어지고 있는 걸까?

해답은 요가 매트 위에서 문득 찾아왔다.
일이 아직 남아 퇴근과 야근 사이에서 애매하게 고민하던 어느

날, 시계를 보니 저녁 요가 시간이 다가오고 있었다. 요즘같이 마음 속이 어지러울 때는 더더욱 아무것도 하고 싶지 않고, 얼른 퇴근하고 집에 가서 맛있는 음식 잔뜩 먹고 누워서 영화나 보고 싶은데, 이상하게도 그날따라 요가 수업이 자꾸 신경 쓰였다. 출근할 때만 해도 요가를 할 계획은 별로 없었는데 말이다. 수업 시작까지 고작 8분 남은 시점에 무엇에 홀린 듯이 사무실 책상 아래에 늘 놔두었던 요가복을 챙겨 부랴사랴 요가원으로 향했다.

매트를 깔고 앉아 눈을 감고 호흡을 시작했다. 요가에서는 호흡으로 몸과 마음을 가다듬는데, 처음에는 잡생각이 들어 집중이 되지 않았다. 그런데 신기하게도 들숨 날숨을 반복하면서 의식을 코끝에 가져가자, 어지러운 마음이 조금씩 비워졌다. 그동안 내 삶의 전부라 믿었던 것들, 그러니까 직업, 남들이 보는 나의 외모, 다른 사람의 평가로부터 한 발짝 물러서서 나라는 존재를 오롯이 바라보게 되었다. 그리고 보니 누군가에게 자기소개를 할 때 내가 무슨 일을 하는지만 줄줄 늘어놓았을 뿐, 나는 누구인지 또는 그동안 살아온 나는 누구였을지를 생각한 적은 별로 없었다.

30대가 되어서 마주한 이런 감정들이 혼란스러울 때도 있다. 그렇다 해도 이 과정이야말로 비로소 진짜 나를 들여다보며 겪는 자아성찰의 시간이다. 껍데기에 불과한 것들이 나라고 믿고 일에, 겉모습에, 다른 사람의 시선까지 신경 쓰고 집착하며 살았던 20대를 지나 진정한 나를 알아가기 시작했다. 지금 겪는 우울감은 오히려 나를 건강하게 만들어 주고 단단한 자존감으로 스스로를 바로 세울 것이다.

서른둘, 인생의 두 번째 질풍노도의 시기가 시작됐다.

인생은
똑같이 흘러갔고
나는 조금 실망했다

'서른의 모양'이 있다면 어떠할까

화창한 봄날에 시험 공부를 하러 도서관에 가는 길이나 피곤에 지친 몸으로 출퇴근하는 것이 따분하게 느껴지는 날이면, 나는 미래의 내 모습을 상상하며 당장의 힘듦을 꾹 참곤 했다. 꿈에 그리던 집에서 우아하게 하루를 시작하고, 잡지에 나오는 모델처럼 머리부터 발끝까지 완벽하게 꾸미고 다니는 모습을 상상하면 괜히 미소가 지어졌다.

이루어질지 아닐지 모를 멋진 미래에 대한 상상은 '으쌰으쌰'하며 현실에 힘을 불어넣는 나만의 방법이기도 했다. 도저히 흥미가 생기지 않는 일을 해야만 하거나 생각만 해도 부담스러운 일들을 준비해야 할 때, 동기부여가 되고 자극제가 돼 여러 난관을 헤쳐 나가는 데 꽤 효험이 있었다.

내가 상상했던 멋진 나의 모습은 막연히 서른 즈음일 것이라고 생각했다. 마흔은 오지 않을 아득한 미래처럼 보였고, 스물 몇 살에 이루기엔 거창한 꿈 같았으며, 멀지도 가깝지도 않은 미래인 서른에는 원하는 것을 이루게 될 것만 같았기 때문이다. 안정된 직업, 경제적 부, 사회적인 성공, 멋진 일상…… 나에게 서른은 그런 모습이었다.

하지만 서른이 되어도 인생은 똑같이 흘러갔고, 나는 불완전하고 미성숙한 것투성이인 내게 조금 실망했다. 나아진 게 있다면 메뉴판의 가격을 보지 않고 먹고 싶은 음식을 고를 수 있게 됐다는 것. 가격을 먼저 확인하고 체크카드의 잔고를 머릿속으로 계산하며 메뉴를 주문하던 20대와 비교하면 매우 풍족해지긴 했지만 여전히 성공이라는 단어와는 거리가 멀고 갈팡질팡 헤매며 살고 있다.

서른이 되어도 반전은 없었다. 여전히 지금 하고 있는 일이 맞는지 안 맞는지 모르겠고, 잘 살고 있는지도 헷갈린다. 서른이 되면 더 이상 이런 고민 따위는 하지 않을 줄 알았는데.

공자는 서른을 일컬어 '이립而立'이라고 했다. '모든 것의 기초를 세우는 나이'라는 뜻이다. 20대에는 '서른이 되면 뭔가 되어 있겠지'라고 막연히 생각하지만 실은 사회로부터 주어진 과업을 해내느라 앞만 보고 달리다 그제야 숨을 고르고, 스스로에게 제대로 말을 걸기 시작하는 나이다.

20대에는 평생 늙지 않을 것처럼 살았지만 지금의 나는 앞으로 어떻게 살아갈지, 나중에 어떤 할머니가 되고 싶은지 등 인생의 태도에 대해 생각한다. 불과 몇 년 전만 해도 나밖에 모르는 매우 이기적인 사람이었지만 지금의 나는 간절한 도움이 필요할 누군가와 미래 세대가 살아갈 지구의 환경에 대해 생각한다. 인생을 바라보는 시야가 먼 시공간까지 확장된 것이다. 여전히 보험이나 연금 저축 같은 건 하나도 없지만.

죽는 날까지 인간은 겸손해야 하는 존재고, 배움에 대한 열망과 삶을 대하는 태도에 따라 각기 다른 속도로 성장하게 된다는 것을 비로소 알게 되었다. 이렇게 30대를 다시 정의하기 시작하자 불안하고 초조한 마음이 한결 편안해졌다.

그럼에도 나의 30대는 자주 불안할 것이다. '벌써 서른이나 됐는데 이룬 게 하나도 없어', '나는 왜 이 모양일까'라는 생각이 자꾸 고개를 내밀 때마다 그 마음을 회피하고 방치하는 대신, 있는 그대로의 나를 마주하기로 했다. 그 과정은 유쾌하지도 친절하지도 않겠지만 나에게 위로와 용기를 주는 최선의 방법이라는 것을 이제는 알기 때문이다.

책 버리기는
어렵고
삶은 계속된다

좀 더 가볍게 살기 위한 선택

체력이 떨어져서인지 면역력이 약해져서인지 요즘 들어 손 하나 까딱하기 싫은 날들이 몇 주 계속되었다. 집은 늘 어질러져 있어 바닥에 널브러진 물건들이 발에 밟히기도 하고, 자주 쓰는 물건에만 겨우 먼지가 타지 않는 수준이었다. 집이 지저분해도 별 문제를 못 느끼는 증상을 '차림새 증후군'이라고 한다는데(배우 이계인이 MBC 〈미라클〉이라는 프로그램에서 이 같은 증상으로 진단받는 것을 보고 알게 됐다), 나는 정리할 의욕은 없지만 너저분한 물건들을 보며 스트레스를 받는 상태로 봐선 '정상'과 '차림새 증후군' 사이 어디쯤에 있는 것 같았다.

그러다가 부모님이 서울 집으로 오신다는 연락을 받았다. 이 이야기는 내가 원하든 원하지 않든 곧 엄마의 지휘 아래 대청소가 시작된다는 뜻이다. 물론 그날 가구까지 버릴 정도의 대대적인 청소를 할 계획은 어느 누구에게도 없었다.

대청소의 발단은 이케아IKEA 방문이었다. 모처럼 서울에 오신 엄마, 아빠와 집 뒷산으로 등산을 가거나 파주로 드라이브를 갈까 했는데, 아침에 일어나 보니 날씨가 급격히 쌀쌀해졌다. 바람소리도 심상치 않았다. 거의 일 년 내내 감기로 고생하고 있는 엄마, 요즘 들어 특별한 무언가를 하지 않아도 금방 몸이 으슬으슬해지는 최악의 상태인 나, 집에 있기 심심해하는 아빠, 친구들이랑 놀다가 새벽에 들어와 일어난 지 얼마 안 된 남동생. 이 조합이 같이 하기에 가장 적합한 일은 집에서 그다지 멀지 않은 거리에 자리한 이케아 나들이였다.

불필요한 소비를 자제하는 성격의 엄마가 차 타고 가는 내내

'하나도 안 사고 나와도 주차가 무료로 되냐'고 걱정스러워 하실 때마다 나는 속으로 '엄마, 분명히 예언하지만 반드시 하나는 사게 돼 있어요!'라고 받아쳤다(물론 이곳은 아무것도 안 사더라도 주차비는 받지 않는다). 생전 이런 곳이 있다는 걸 모르셨던 엄마는 내내 신이 나 이곳저곳을 빠른 속도로 휘젓고 다니셨다. 내 마음에도 문득 '견물생심'이 스멀스멀 기어 올라왔다. 15,000원짜리 화이트 선반을 보자 더 이상 꽂을 곳이 없어 책상 여기저기에 쌓아둔 책들이 떠올랐다.

'이 참에 책 정리를 해야겠어!'

저마다의 이유로 소유하고 있는 책들이 산을 이루다 와르르 무너지기도 여러 번. 그래도 책을 줄일 생각을 한 번도 안 해본 나는 선반을 계기로 책을 조금이라도 줄여보기로 마음먹었다. 그렇게 대청소는 시작되었고, 나는 책 정리에 집중했다. 어떻게 해야 책을 버리고도 후회하지 않을지 고민했다. 고민 끝에 찾은 솎아낼 책의 기준은 다음과 같다.

- 몇 년째 한 번도 읽지 않았지만 언젠가 읽고 싶어질 것 같아

가지고 있던 책

- 몇 년째 한 번도 읽지 않았지만 언젠가 도움이 될 것 같아 가지고 있던 책
- 읽으려고 샀지만 몇 년째 한 번도 펼쳐보지 않은 책
- 읽었지만 정말 별로였던 책
- 몇 년째 한 번도 읽지 않았지만 베스트셀러 혹은 인기가 많은 책이라 그냥 가지고 있던 책

다섯 가지 기준에 따라 겨우겨우 스무 권의 책을 골라냈다. 기준을 엄격하게 적용하자 떠나보내야 할 책이 너무도 많았다. 미련이 남는 책은 다시 책장에 꽂아놓았다. 평생 책은 버리는 게 아니라고 생각했던 프로 책 집착러인 나는 몇 번의 심호흡 끝에 겨우 중고서점에 갈 수 있었다. 그곳에서도 위기는 있었다. 책 보존 상태가 최상급이어도 대부분 균일가 1,000원 정도였다. 그동안 애지중지 모시고 있던 책의 값어치가 겨우 1,000원밖에 안 된다는 생각에 다시 집으로 가져오고 싶은 마음이 굴뚝같았다. 불행인지 다행인지 몇 권은 퇴짜를 맞아 열여섯 권을 판매하고 받은 19,500원과 네 권의 책을 가지고 집으로 돌아왔다. 내다 판 책 중

에는 '오늘부터 가벼워지는 삶'이라는 제목의 책도 있었다.

  책을 버리고 나니 집착도 조금은 사라졌다. 그 이후로는 일사천리였다. 잘 입지 않는 옷과 신발을 과감히 버리고 불필요한 잡동사니들도 처분했다. 물건을 쌓아두는 장소로 전락했던 책상도 내다 버렸다. 물건이 줄어들자 마음도 가벼워졌다. 사기 위해 사는건지 살기 위해 사는 건지 모르던 지난날들이 스쳐 지나갔다. 돌이켜 보면 나는 늘 무언가에 쫓기는 기분이었다. 항상 시간과 돈이 부족하다는 생각이 들었고 마음이 어지러웠다. 집착을 버리자비로소 마음에 평화가 찾아왔다. 책을 버린 지 오늘로 나흘째, 그때 내다 버렸던 책 제목들이 뭐였는지는도 이제 기억조차 나지 않는다.

마음의
크기

관계의 끝을 더는 슬퍼하지 않아

지금껏 살아온 세상과 분명 같지만, 언제부턴가 달이 두 개 떠 있는 세상에서 살고 있는 《1Q84》의 주인공 아오마메처럼 나는 서른 살이 되던 해, 미묘한 세계의 변화를 감지했다. 그해 내겐 신기한 능력도 생겼다. 누군가와 여러 번 만나지 않고도 친해질 수 있을지 없을지를 단번에 알게 되는 능력 말이다.

몇 번을 만나도 거리가 좁혀지지 않고 가까이 지내고 싶어 이런 저런 노력을 해도 도저히 친해질 수 없는 사람이 있다. 20대에는 이 문제로 혼자서 꽤나 속앓이를 했었다.

'도대체 왜 그들과는 친해질 수 없을까?'

나에게 무슨 문제가 있는 건 아닌지 심각해진 적도 많았지만, 신기하게도 서른이 되는 순간 문제가 아주 간단히 해결됐다. 그때 그들과 친해질 수 없었던 건 나의 문제도 그들의 문제도 아니라는 것, 그저 나와 결이 맞지 않은 사람들이었을 뿐이라는 것. 한 번만 만나도 주파수가 맞는 사람인지 아닌지를 알 수 있게 된 나는 억지 인연을 만들기 위해 시간과 체력을 소모하지 않게 됐다.

'한 번 보자'는 이야기만 핑퐁처럼 오고 가다 결국 만나지 않게 되는 관계가 있다. 안부를 묻고 만나자고 말하는 순간은 서로에게 진심이었을 거라 믿지만, 어쩐 일인지 양쪽 다 적극적으로 만날 날짜를 잡지 않는다. 적어도 일 년에 한두 번은 만나 서로의 안부를 물으며 간간이 주고받는 문자에 기대 인연의 끈을 이어가지만, 결국 어느 순간 연락하기가 망설여질 때 서로의 연이 다한 것임을 안다. 더 이상 슬퍼하지도 자책하지도 않고 이 현상을 자연스레 받아들이게 되었을 땐 서른두 살의 어느 지점을 지나고 있었다.

윤가은 감독의 영화 〈우리들〉은 친구가 없어 외로운 '선'이가 방학식 날 전학생 '지아'를 만나면서 이야기가 시작된다. 둘은 단숨에 절친이 되어 즐거운 방학생활을 보내지만, 개학 후 지아는 선에게 싸늘하게 대한다. 오히려 선이를 따돌리는 친구들과 친해진 지아와 다시 혼자가 되고 싶지 않은 선이. 이유를 알 수 없는 지아의 변해버린 태도에 선이는 마음의 상처를 입는다. 초등학생 여자아이 둘의 이야기를 보며, 나는 그때 그 시절로 되돌아갔다. 내가 마치 선이가 된 듯 지아의 작은 행동과 말 한마디에 울고 웃었다.

누구에게나 친구가 세상의 전부였던 시절이 있다. 엔딩 크레딧이 올라가자 갑자기 눈물이 터져 나온 건, 더는 그 감정을 느낄 수 없을 것만 같아서가 아니었을까. 친한 친구가 다른 친구와 더 친해져 질투에 사로잡혀 가슴앓이를 하거나 어느 날 친구에게 '할 말이 있다'고 용기를 내어 불러내 섭섭했던 마음을 털어놓는 일들. 어른이 되어도 그때나 지금이나 관계는 어렵다. 다만 이제는 불편함과 민망함을 무릅쓰고 서로에게 아쉬운 말들을 어렵게 이야기하는 대신 자연히 멀어지는 편리한 방법을 택하는 어른이 되어버린 걸까? 한때 내 작은 세상의 모든 것이었던 무언가를 향한 마음을 떠올리며 나는 한참동안 흐르는 눈물을 멈출 수 없었다.

정말 결혼하지 않아도 괜찮을까

'최후의 솔로'에 대해

미드 〈섹스 앤 더 시티Sex and The city〉의 회차가 뒤로 갈수록 주
인공들도 나이를 먹는다. 여전히 싱글로 자유로운 연애를 즐기는
'캐리'가 있는가 하면, '미란다'는 계획에 없던 임신을 해 갑작스
럽게 엄마가 된다. 미란다는 남자 친구와의 사이에서 아이가 생겨
상당히 혼란스러워 했지만 오랜 고민 끝에 아이를 낳아 기르기로
마음먹고 '싱글맘'이자 '워킹맘'으로 고군분투한다(나중에 미란다
와 그의 남자 친구가 결혼식을 올리긴 한다).

미란다에겐 삶이 늘 어렵고 복잡한 것투성이다. 하지만 삶이 늘 자신을 시험하는 것 같은 기분이 드는 건 싱글인 캐리도 마찬가지다. 결혼을 했거나 아이를 낳은 친구들이 나를 포함한 싱글 친구들의 비율과 비슷해지면서 이중적인 감정이 교차한다. '이러다 친구들 중에서 나만 최후의 솔로로 남으면 어쩌지?' 하는 불안한 마음이 들다가도 육아 때문에 화장실조차 마음대로 가지 못한다는 이야기를 들을 때면 '싱글의 자유를 즐길 수 있을 때까지 최대한 오래 즐기자'는 생각이 든다.

십수년 전 방영된 드라마 〈내 이름은 김삼순〉에서 노처녀 취급받던 삼순이의 나이인 서른 살 훌쩍 넘었지만 나는 여전히 혼자다(2020년엔 서른 살이라고 노처녀 취급하는 드라마는 더 이상 없지만 어딜 가나 결혼 잔소리는 피해갈 수 없는 것이 현실이다). 남들은 결혼도 출산도 잘만 하는 것 같은데 왜 나에게는 어렵게만 느껴지는 걸까? 이대로 결혼하지 않고 살아가게 된다면 어떤 삶이 기다릴까? 결혼하는 것이 행복할까, 안 하는 편이 더 행복할까?

인생은 시뮬레이션을 해볼 수도 없이 한 번만 펼쳐지는 것이라 어떤 쪽을 택하든 가지 않은 길에 대한 후회가 남겠지. 결혼하는 친구들이 하나 둘 늘어날수록 그 누구도 쉽게 답할 수 없는 질문에 나도 모르게 매몰될 때가 있다.

아직도 어느 편이 더 나은지 모르겠고 지금의 삶도 꽤 행복하지만 친구들이 모두 다 결혼을 해버려 나 혼자만 덩그러니 남게 되는 건 싫다. 이쯤 되니 싱글 협동 조합이라도 만들어 버릴까 하는 생각도 든다. 아무리 생각해도 최후의 솔로로 남을 자신은 없기 때문이다.

신주쿠에서
돈가스를 사준
그 남자는 어디로 갔을까

겸연쩍어 놓쳐버린 보답의 기회에 대해

나리타행 비행기를 탄 날이었다. 일찌감치 자리에 앉아 있는데, 짐을 올리는 승객들 사이로 눈에 띄는 사람이 있었다. 루이비통 운동복을 아래위 세트로 입고, 커다란 루이비통 가방과 루이비통 쇼핑백을 선반에 올리고 있는 남자다. 무심코 보게 된 그의 신발도 역시 루이비통이었다. '아무리 루이비통을 좋아하기로서니 머리부터 발끝까지 루이비통 차림을 하다니⋯⋯.' 굉장히 독특하다고 생각하던 그때, 그 남자가 갑자기 나에게 말을 걸었다.

"저기요. 여기 당신 자리가 맞나요? 제 자리에 앉으신 것 같습니다만……."

다행히 일본어를 대충 알아들을 수 있었던 나는 그럴 일이 없다는 단호한 표정으로 손에 쥐고 있던 비행기 티켓을 확인했다. 그런데 이럴 수가. 내가 착각했던 거였다. 나의 원래 자리는 그의 바로 옆이었다. 순식간에 얼굴이 확 달아올랐다. "아! 스미마셍!"

그날은 난생처음으로 혼자 일본에 가는 날이었다. 지하철 노선도가 복잡하기로 소문난 나라에서 신주쿠까지 홀로 찾아 가야 한다는 걱정 때문이었는지 평소에 하지 않던 실수를 하고 만 것이다. 그런데 이건 마치 로맨틱 코미디에서나 나올 법한 스토리가 아닌가. 살짝 진부한 구석이 있지만 '남주'와 '여주'의 우연한 만남이 시작되는 장면으로 더할 나위 없이 자연스럽다. 하지만 현실에서 그런 일은 쉽게 일어나지 않는다. 더군다나 내게 로맨스가 펼쳐지지 않을 거라는 표식은 또 있었다. 나는 그에게 반하지 않았다는 점.

이런저런 상상을 하던 것도 잠시, 나는 비행을 하는 내내 '혼자

신주쿠까지 갈 수 있을까' 하는 걱정으로 머릿속이 복잡했다. 기대감으로 설레고 떨리는 마음과는 별개로 여행은 현실이기도 하니까 말이다. 가이드북을 뒤적거리고 있으니 그가 한국인이냐고 물어봤다. '한국인이에요'라는 대답 외에는 딱히 할 말이 없었기 때문에 이후 별 다른 이야기가 오고 가진 않았다. 그러다 착륙이 30분 정도 남은 시점, 신주쿠까지 가는 길을 아무리 들여다봐도 막막했던 나는 용기를 내 그에게 다시 말을 걸었다. "공항에서 신주쿠까지 어떻게 가나요? 아무리 노선표를 봐도 모르겠어요."

그는 내가 알아들을 수 있도록 천천히, 중간중간 '할 수 있다'는 응원의 말도 섞어가며 설명했다. 그러다 그가 조심스럽게 말했다. "공항에 주차해 둔 차를 타고 갈 건데 괜찮다면 신주쿠에 데려다줄게요. 어차피 그쪽으로 가야 하거든요." 나는 잠시 고민하다 그의 제안을 수락하기로 했다. 만약 그가 나쁜 의도를 가지고 있다면 영화 〈테이큰〉 같은 상황이 벌어지지 않을 거라 장담할 수 없지만, 그냥 내 직감을 믿어보기로 했다.

다행히 동생과 만나기로 한 호텔에 무사히 도착했고 체크인도

마쳤다. 동생과의 약속 시간은 아직 한 시간 남아 있었다. 그는 동생을 기다리는 동안 점심이라도 먹자고 했다. 낯선 곳에서 베풀어 준 호의에 보답하고 싶었던 나는 '점심도 살 겸 잘됐다. 빚을 갚을 기회야'라고 생각하고 돈가스를 먹으러 갔다. 그런데 그 돈가스마저도 그가 계산해 버려 밥까지 얻어먹은 셈이 됐다. 이루 말할 수 없이 고맙고 미안했지만 일본어가 서툴러 그저 '고맙다'는 인사만 연신 반복할 수밖에 없었다. 다음에 한국에 오게 되면 꼭 연락하라고, 한국에서는 내가 정말 맛있는 음식을 대접하겠다고 하면서 전화번호를 교환하고 헤어졌다.

이후 간간이 안부를 물으며 지내다 몇 달 뒤 그가 서울에 오게 됐다는 연락을 받았다. 불쑥 그에게 전화가 걸려왔는데 뭐라고 하는지 도통 알아들을 수 없었다. 전화로 소통하는 건 꽤 난이도가 있었다. 나는 이해하려고 애썼지만 모르겠다는 말만 반복할 수밖에 없었다. 안타깝게도 카카오톡이나 라인이 아직 나오지 않은 시기였다. 나는 일본어를 못 하고 그는 영어를 못 해 문자를 주고받을 수도 없었다. 그와의 연락은 그렇게 허무하게 끝이 났다.

나이를 먹을수록 마음의 부채도 늘어가는 건 어쩔 수 없는 일이다. 누군가가 기꺼이 내어준 마음에 제때 고마움을 표하지 못한 일들에 자꾸만 머릿속이 어지러워진다. 적절한 타이밍을 찾지 못해 하지 못한 감사의 인사, 어쩐지 겸연쩍어 미루고 미루다 영영 놓쳐버린 보답의 기회, '나중에 하면 되지' 하다가 잊어버리고만 고마운 마음들. 마음의 빚이 많다는 건 다시 말해 나라는 인간이 무너지지 않고 제 몫을 다해 살아갈 수 있게 해준 도움의 손길이 많았다는 뜻일 테다. 그동안 이룬 크고 작은 성취들과 행운이라 여겼던 일이 가능했던 건 '보이지 않는 손' 덕분이었다는 걸 왜 몰랐을까. 빳빳하게 들고 살았던 고개가 절로 숙여진다.

차라리 그때 그 자리에서 우겨서라도 돈가스를 내가 샀으면 어땠을까, 그에게 메일이라도 보내 상황을 설명하고 우편으로 자그마한 선물이라도 보냈다면 좋았을 텐데. 지금은 그의 연락처도 메일 주소도 남아 있지 않지만 만약 언젠가 그를 다시 만나게 된다면 보답의 기회를 놓치지 않을 것이다.

'To. 이름도 기억나지 않는 당신, 그때는 정말 고마웠어요. 한국에서 맛있는 양념갈비라도 대접할게요.'

자전거를
못 타서
생긴 일

뉴욕에서 누리고 싶었던 어떤 것들에 대해

여행을 떠날 때면 늘 몇 가지 '로망'을 안고 간다. 2019년 9월 초 뉴욕으로 출장을 갈 때도 그랬다. 첫 방문은 아니었지만 두 번째인 만큼 지난 번 못 다한 것들을 누리고 싶은 마음이 더 컸다. 이번에 가장 해보고 싶었던 건 아침 일찍 일어나 러닝하기. 미술관에서 요가하기(실제로 이런 프로그램이 있다), 킬힐에 근사한 옷을 차려 입고 쇼핑하기, 센트럴 파크에서 자전거 타기, 브로드웨이 뮤지컬 보기도 해보고 싶은 목록에 있었다.

아침 러닝을 위해 레깅스와 러닝화까지 호기롭게 챙겨갔지만 일찍 일어나지 못해 실패했다. 미술관 요가는 빡빡한 일정상 알아보지도 못하고 패스. 킬힐은커녕 굽 낮은 편한 신발만 신고 다녔는데도 많이 걸은 날엔 새끼발가락까지 아프고 발가락이 무감각해지기 일쑤였다. 고대하던 브로드웨이 뮤지컬은 공연장에는 들어갔으나 아침 일찍부터 종일 돌아다닌 탓에 꾸벅꾸벅 졸았다. 아니, 〈겨울왕국〉을 보면서 졸다니!

그래도 괜찮았다. 아직 센트럴 파크에서 자전거 타기가 남았으니까. 평소 자전거를 거의 타진 않지만 다행히도 배운 적은 있다. 몇 년 전 회사를 그만두고 8개월 동안 쉴 때 서울시에서 운영하는 한 달짜리 자전거 강습 프로그램을 들은 것이다. '한 달 만에 될까?' 싶었던 자전거 타기는 첫 번째 수업 날 페달에 발을 올리고 아주 살짝 경사진 인도를 내려갔다 다시 자전거를 끌고 올라오기를 반복한 것으로 시작해 마지막 날엔 단체로 한강 라이딩을 할 수 있을 정도로 발전했다. 자전거를 타고 한강을 씽씽 달리는 그 기분은 난생처음 느껴보는 종류의 것이었으며 드디어 센트럴 파크에서 두 번째 기분을 만끽할 때가 된 것이다.

그날 이후로 다시는 자전거를 타지 않았기 때문에 걱정이 되기도 했지만 몸이 기억하고 있을 거라는 근거 없는 자신감도 있었다. 안장 위에만 앉으면 다시 그때처럼 달릴 수 있을 것만 같았다. 자전거 렌털숍에서 '보조바퀴가 달린 어린이용 자전거를 타도 되나요?'라는 말이 목 끝까지 차올랐지만 단호하게 거절당할 것만 같아 입도 뻥긋하지 않았다(영어를 잘 못해서 한국을 떠나면 소심해진다).

센트럴 파크 입구에서 심호흡을 크게 하고 자전거 안장 위에 오른 순간 이 자전거를 오늘 내가 길들일 수 없을 거라는 슬픈 예감이 몰려왔다. 빌린 자전거는 나 같은 초보자에게 무척이나 크고 무거웠기 때문이다. 페달 위에 두 발을 얹고 앞으로 나아가 보려고 했지만 우당탕 넘어질 것만 같아 몇 번이고 까치발로 바닥을 딛고 멈추기를 반복했다. 결국 5분 만에 오래 간직해온 로망을 깨끗이 포기하고 자전거를 반납하기로 했다. 렌털숍 직원이 의아한 눈빛으로 물었다. "너 충분히 즐긴 것 맞니?"

자전거를 반납하고 호텔로 돌아가는 길에 내가 할 줄 모르는 것들에 대해 생각했다. 수영, 자전거 타기, 운전, 영어가 가장 먼저 떠올랐다. 멋진 자동차를 한 대 빌려 로드 트립road trip을 하다가 햇살 좋은 곳에 차를 세워두고 물 위를 자유롭게 유영하는 상상. 지금은 아무것도 할 줄 모르니 이 상태로는 아마 평생 로망으로 그치고 말 것이다.

한 살씩 나이를 더 먹어갈수록 할 줄 아는 것이 더 많은 사람이 되고 싶다고 생각한다. 종이접기, 바이올린, 한자, 피아노, 미술…… 천성이 배우는 걸 좋아하는 편이었지만 중학생이 되면서부터는 좋아하던 피아노를 그만두고 영어나 수학 과외를 받기 시작했고 수능 시험을 칠 때까지 조금씩 다른 과목을 배우며 점수를 끌어올렸다. 대학생이 되었을 때는 토플이나 토익 같은 시험을 준비하느라 돈과 시간을 낭비했다.

시험을 잘 보기 위해, 원하는 직업을 얻기 위해 무언가를 배우는 데 익숙해지다 보니 어느 순간부터 '배운다'는 것의 의미가 내 안에서 왜곡되어 버린 것 같다. '이것을 왜 배우려 하지?' 가장 근본적인 질문을 잊은 채 말이다. 그러다 보니 진정 그것을 잘하게 되기도 전에 배우기를 멈추고 말았다. 취미로 배우기 시작한 폴댄스, 걸스힙합 같은 것들도 '할 줄 안다'는 감각에 도취되자마자 그만둬버렸다. 그래서 배운 것들은 많지만 막상 따져보면 그중 능숙하게 하는 것은 별로 없다.

무언가를 진정 할 줄 안다는 건 스펙도, 높은 연봉을 위해서도 아닌 세상을 즐겁게 살아갈 도구를 하나 더 내 손에 쥐는 일이다. 할 줄 아는 게 하나씩 늘어가는 만큼 지금보다 하고 싶은 걸 더 자주 하는 주도적인 사람으로 바뀔 것이다. 그 나라 언어를 알면 진정 그 문화에 푹 빠져들 수 있는 것처럼 어디에서 무얼 하든 경험하는 깊이도 달라질 테고 말이다.

호텔로 터덜터덜 돌아오는 길에 우연히 뉴욕현대미술관The Museum of Modern Art, MoMA을 발견했다. 공사 중이라 그 안에 들어갈 수는 없었지만 'A new MoMA October 21'이라고 쓴, 컬러풀한 현수막이 나부끼는 풍경은 한시적으로만 볼 수 있는 설치 미술 같았다. 언제든 여기 다시 올 수 있겠지만 이런 장면은 또 볼 수 없겠지. 자전거를 못 타는 사람에게만 찾아오는 우연한 행운인 것이다. '인생은 나름대로 공평한 게 아닐까?' 생각하며 나도 모르게 웃음 짓는다.

더는
괜찮다고 말하지
않습니다

무엇을 좋아하고 싫어하는지 안다는 것

예전에는 괜찮았지만 더 이상 그렇지 않은 것들이 있다. 우선 일회용 컵에 커피를 마시는 일이 그렇다. 그동안 아무리 일회용 컵에 커피를 마셔도 죄책감 따위는 들지 않았는데, 어느 순간부터 몹시 불편해졌다. 이제는 오히려 "텀블러에 주세요"라고 하는 게 훨씬 자연스럽게 느껴진다. 텀블러 챙기는 걸 깜빡했거나 가방이 무겁고 귀찮아 챙겨 오지 않은 날엔 커피를 한 모금씩 들이킬 때마다 어딘가 불편한 기분을 지울 수 없다.

또 동네에서 종종 가는 빵집에는 식빵을 제외한 대부분의 빵들이 포장되지 않은 채 매대에 먹음직스럽게 진열되어 있는데, 요즘에는 이 또한 찝찝하게 느껴진다. 한 번은 동생이랑 빵을 고르다가 말했다. "기왕이면 비닐에 포장되어 있는 걸로 사자!" 하필이면 그날따라 빵 근처에서 유난히 큰 목소리로 얘기하고 있는 사람들이 있었다. 그들이 이야기하는 동안 침방울이 빵 여기저기에 다튀었을지도 모른다는 생각에 기분이 오싹해졌다.

화장품을 살 때는 동물 실험을 하지 않는지 확인하고, 옷이나 신발을 사러 갔다가도 "진짜 악어가죽이라 느낌이 달라요"라고 자랑스럽게 광고하는 곳은 재빨리 나오게 된다. 아무데서나 잘 자는 편이지만 요즘엔 잠자리가 바뀌면 매우 불편하다. 내가 쓰던 이불, 편안한 베개가 없는 곳에서 자야 하다니…… 생각만 해도 피곤해진다. 공중 화장실을 사용하는 것도 왠지 꺼려진다. 누구나 생리현상을 해결하기에 집이 편할 테지만 가능하면 밖에서는 화장실을 적게 가려 노력한다고 말하면 너무 예민한 사람처럼 보이려나?

얼마 전까지만 해도 습관처럼 자주 하는 말 중에 하나가 '괜찮아요'였다. 누군가 '더 먹을래?'라고 물어도 '괜찮다'고 대답했고, 남의 사무실에 방문했을 때도 '어떤 음료 드실래요?'라고 물으면 반사적으로 아무거나 다 괜찮다는 말이 튀어나왔다. 자동응답기는 아니지만 나는 늘 괜찮다고 말했다. 그렇게 말한 건 진짜 괜찮아서이기도 했지만, 때때로 마시고 싶은 음료가 있거나 기분이 괜찮지 않을 때도 나도 모르게 그 말이 튀어 나왔다.

'이러다 먼 훗날 스크루지 영감처럼 되어 버리는 게 아닐까?' 생각할 때도 있지만 지금의 내가 더 편해진 건 사실이다. 일단 스스로가 무엇을 좋아하고 싫어하는지 더 잘 알게 되어 무엇이 괜찮고 괜찮지 않은지를 판단할 수 있다. 괜찮지 않을 때는 괜찮지 않다고 거리낌 없이 말할 수도 있다. 이제는 누군가 무리한 요구를 하면 '그건 곤란해요'라고 말하고 대답자판기처럼 '좋아요'라고 하는 대신 '싫다'거나 '안 된다'고 할 수 있게 됐다. 아직 30대를 통과하지 않은 누군가는 이런 나를 보고 노처녀 히스테리라고 할지도 모르겠지만.

다만 스스로 규칙을 하나 정했다. 나의 예민함을 다른 사람에게

강요하지 말 것. 각자 예민한 포인트와 정도가 다 다를 테니 내가 예민하게 느끼는 것이라도 다른 사람에겐 아무렇지도 않을 수 있다는 걸 인정하는 것이다. 나 자신은 예민함으로 똘똘 뭉친 인간이 되더라도 타인에겐 스크루지 영감 대신 호호아줌마처럼 인정 많고 따스한 사람이 되고 싶기 때문이다. 그리고 이건 포용과 이해의 또 다른 표현법이 아닐까 싶다.

2장

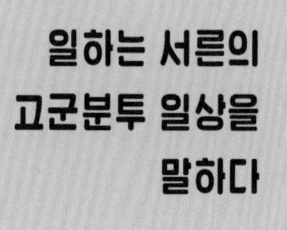

일하는 서른의
고군분투 일상을
말하다

이대로 정말
괜찮은
걸까?

건강검진과 함께 떠오른 단상들

대학 졸업과 동시에 잡지사 피처 에디터로 일을 시작한 후 회사를 그만두고 쉬었던 8개월, 전직을 했던 8개월 정도를 제외하고는 한 달에 한 번씩 잡지를 만들며 마감 전쟁을 치렀다. 요즘은 디지털 콘텐츠 에디터로 자리를 옮겨 매일 기사를 쓰고, 종이 잡지는 일 년에 두 번 정도 만든다. 즉, 대대적으로 마감하는 일도 이전에 비하면 줄어든 셈이다. 그래서인지 오랜만에 마감을 하게 되면 몸과 마음이 많이 힘들었다.

배고프면 먹고, 누우면 자다가, 알람 소리에 모든 신경이 소스라치게 놀라 일어나는 날들이 얼마간 계속되었다. 그러던 어느 날 아침에 일어났더니 왼쪽 엄지손가락이 퉁퉁 부어 있었다. 어디 부딪친 적도 없고 전날 격렬한 운동을 한 것도 아니다. 아무 이유 없이 손가락이 아프긴 처음이라 '동생이 모르고 밟았나?' 하는 의심까지 진지하게 할 정도였다. 손가락을 구부리기도 힘들고, 이마에 땀이 조금 맺힐 만큼 몸에선 미열도 났다. 하지만 아픈 이유를 생각할 여유조차 없던 시기라 여느 때와 마찬가지로 출근을 해 촬영을 하고 수십 통의 전화를 받거나 걸고, 늦은 시간까지 원고를 쓰다 퇴근했다. 다행히도 왼손 엄지손가락은 키보드에서 그다지 할 역할이 없었다.

마감 시기에는 모든 욕구가 반으로 줄어들고 감각 기관도 제 기능을 하지 못한다. 그래서인지 손가락의 아픔은 큰 문제가 아니었다. 당장 눈앞에 닥친 일들을 처리하며 폭풍 같은 나날들이 지났다. 원고는 마감이 써준다더니, 이번에도 무사히 모든 일이 마무리되어 정해진 날짜에 잡지가 나왔다.

잡지 발행과 동시에 시작된 추석 연휴에 대체 휴가까지 연달아

붙여 10일 간 부모님 댁으로 도망치듯 내려갔다. 엄지손가락이 조금 나아진 듯했지만 버스 안에서 생각이 많아졌다. 간호사인 고향 친구가 안동에 내려오면 자기도 보러 올 겸 병원에 건강검진을 받으러 오라고 지나가듯 말했던 일이 떠올랐다. 건강검진만 하면 이상지질혈증(혈중에 총 콜레스테롤, LDL 콜레스테롤, 중성지방이 증가된 상태거나 HDL 콜레스테롤이 감소된 상태) 소견이 나와 늘 마음이 무거웠던 나는 '이 참에 콜레스테롤 검사나 해보자' 싶어 친구에게 연락해 검진을 예약했다. 기왕 피 뽑은 김에 피로 할 수 있는 검사는 다 해보기로 했는데(암 인자 검사까지), 결과는 다행히도 모두 정상으로 나왔다. 오래도록 걱정했던 콜레스테롤 수치까지도 말이다.

안심하며 있던 내게, 손가락이 아프다는 내 말을 그냥 흘려듣지 않은 친구가 류마티스 검사를 받아보라고 제안했다(류마티스 검사는 혈액 검사와 엑스레이 촬영으로 가능하다). 검사 결과는 양성이었다. 친구는 지금 염증이 있어 일시적으로 수치가 높게 나왔을 수도 있지만 예방 차원에서라도 내과 진료를 받아볼 것을 권했다.

친구의 메시지를 받은 그때는 회사에 지각할까 봐 초조해하고 있던 찰나였는데, 순간 밥벌이를 하기 위해 이른 아침에 지하철을 타고 장장 한 시간 걸리는 거리를 출근하는 것도, 지각할까 봐 전전긍긍하던 것도, 갑자기 모두 부질없이 느껴졌다.

나는 지금 무엇을 놓치고 있는 걸까?

어쩌면 왼쪽 엄지손가락이 온 힘을 다해 무언의 신호를 보내고 있는 걸지도 모른다.

나는 그날 지각을 할 게 뻔했지만 매우 천천히 걸어갔다. 그리고 무서워서 류마티스 내과는 아직 예약을 하지 못했다.

삶이 문득 쳇바퀴처럼 느껴지는 날에

차곡차곡 쌓이는 나의 매일

20대의 나는 존재에 대한 의문이나 삶의 의미에 대해서 깊이 생각해본 적이 별로 없었다. 나에게만큼은 세월이라는 단어가 해당되지 않을 것 같았다. 늙지도 죽지도 않고 이렇게 스물로, 청춘으로 영원히 살 것만 같았다.

그런데 어느 순간, 죽음에 대한 고민이 끝없이 이어졌다. '이렇게 살다가 죽는 게 인생이라면 이 생은 어떤 의미가 있는 걸까?',

'죽고 나면 나는 어디로 가는 걸까?', '죽고 나서도 내가 나라는 사실을 여전히 알 수 있을까?' 삶의 의미에 대해 의문을 품기 시작한 그해, 나는 비로소 서른이 되었다.

누구나 한번쯤 '나를 둘러싼 세상이 이 모습 그대로 영원히 계속될 것만 같다'라는 막연한 기분을 느낀 적이 있을 것이다. 그 시기를 일컬어 '청춘'이라 부르는지도 모른다. 그리고 어쩌면 인류는 필연적으로 청춘을 낭비하게 될 운명을 타고나 앞으로 펼쳐질 일에 대한 근심이나 걱정 따윈 없이 하루하루를 살아갈지도 모른다. 그러다 행복 사이에 때때로 드리우는 불안한 그림자를 마주할 때는 이미 청춘의 많은 부분을 소진해버린 이후일 것이다.

어른이 된 것 같다고 처음 느낀 순간은 세상이 회색으로 보였을 때다. 억지로 몸을 일으켜 출근길 지하철에 몸을 실을 때면 과거로 끊임없이 되돌아가는 타임루프time loop(시간 여행을 소재로 한 SF의 장르)의 주인공이 된 것 같았다. 지하철 타기와 일하기, 다시 지하철 타기를 무한 반복하다 어느 새 30대도 훌쩍 갈 거라 생각하니 '누군가 프로그래밍한 세상 속에 주어진 퀘스트quest(게임을 원활하게 진행하기 위해 이용자가 수행해야 하는 임무 또는 행동)를 하다 생을 끝마치게 되진 않을까' 하는 두려움에 휩싸이기도 했다.

"옛날 옛적에 한 소녀가 있었습니다. 엄마, 아빠의 사랑을 듬뿍 받고 자란 소녀는 어릴 적부터 이것저것 배우길 좋아했지요. 색종이 접기, 피아노 치기, 바이올린 켜기, 책 읽기, 친구들이랑 고무줄 놀이 하기를 좋아했던 소녀는 욕심이 많아 늘 엄마에게 새로운 것을 더 하겠다고 졸랐답니다. 그 소녀는 무럭무럭 자라 국어국문학과에 입학했고 졸업을 한 후, 에디터가 되었습니다. 직장인이 된 것입니다……."

뭔가 이상하지 않은가? 나는 내 이야기가 여기서 이렇게 끝나선 안 된다는 마음속 강한 외침을 느꼈다. 그래서 내가 진짜 원하는 삶은 과연 어떤 것일지 생각하며 진지하게 지금의 일상을 박차고 떠나야겠다고 굳게 결심했다.

언제 떠날지 때를 계산하면서 〈먹고 기도하고 사랑하라〉나 〈월터의 상상은 현실이 된다〉 같이 쳇바퀴를 벗어나라고 부추기는 영화들을 봤다. 내 안의 무언가가 불끈불끈 솟아오르는 기분이 좋았기 때문이다. 기분 좋은 부추김에 내 편이 생긴 착각이 들 정도였다. 영화들은 내게 지금 당장이라도 박차고 떠나는 것이 인생의 해답이라고 알려주는 듯했다.

실제로 과감히 하던 일을 내려놓고 떠난 이들도 많다. 병을 얻을 정도로 시달리던 직장을 그만 두고 떠난 누군가는 요가 선생님이 되어 돌아왔고, 잠시 머물러 간 도시에서 아예 다이빙 강사나 카페 아르바이트를 하며 사는 사람도 있다. 용기의 끝에는 멋진 삶이 주어지리라. 나라고 못할 일도 아니다.

하지만 다시 생각해본다. 못할 것도 없지만 굶지 않고 살 자신도 없다. 용기를 내서 떠난다면 더 이상 회색이 아닌 삶이 기다리고 있을까? 수없이 고민해보지만 내가 원하는 삶이 어떤 것인지 정확히 모르겠다.

영화를 몇 번이나 돌려보고서도 나는 답을 찾지 못했다. 하지만 진지하게 떠나야겠다고 생각하니 일상이 조금 다르게 보였다. 출근길도 회사도 당연하게만 느껴지던 일상은 사실 당연한 게 아니었고 나에게 평온한 일상을 영위할 수 있게 해주는 고마운 존재였다. 나는 〈먹고 기도하고 사랑하라〉 속 주인공처럼 멋지게 발리로 떠나는 대신 매일을 더욱 더 성실하게 보내기로 했다. 인생은 하루아침에 바뀌는 것이 아니라 내가 보낸 하루하루가 모여 원하는 삶의 모양을 만들어가는 것이라고 믿기 때문이다.

용기가 필요한 날엔
북악스카이웨이에
올라가자

행복하지도, 불행하지도 않을 때

"행복하지도 불행하지도 않다고, 그래서 더 이상 견딜 수
가 없다고 하더군요."

- 《베로니카, 죽기로 결심하다》, 파울로 코엘료, 이상해 역, 문학동네, (2003)

삶이 행복하지도, 불행하지도 않다면 용기를 내야 할 때인지도
모른다. 시간은 체감하는 것보다 훨씬 더 쏜살같이 흘러서 맛있는
걸 먹거나 웃고 가끔 슬픔에 잠겨 있다 보면 계절이 바뀌고 한 해

가 지나간다. 시간이 아주 느린 속도로 흐르는 것 같은 느낌이 들때도 가끔 있다. 행복하지도 불행하지도 않아서 더 이상 견딜 수없을 때가 바로 그렇다.

차라리 불행한 기분이 드는 게 더 나을지도 모르겠다. 불행의 원인을 제거하려 애쓰다 보면 자신이 불행한지 잠시 망각할 수 있을 테니까. 물론 그건 그 나름대로 무척이나 고통스러운 과정임이 분명하지만 적어도 자신이 무얼 해야 하는지 알 수 있다는 점에서 사정이 조금 낫다고 할 수 있다. 행복하지도 불행하지도 않을 때는 그 감정을 직시하기까지 오래 걸릴 뿐 아니라 그 기분에서 벗어나기위해 무얼 해야 할지 알 수 없어 더 혼란스럽기만 하다.

행복하지도 불행하지도 않은 기분은 직장인들에게도 주기적으로 찾아온다. 지금 다니는 회사가 딱히 싫은 건 아니지만 어쩐지삶이 무료한 기분이 자꾸만 드는 때. 지금까지 몇 번의 퇴사와 이직을 경험하며 돌이켜 보니 그건 떠날 때를 알려주는 모종의 신호이기도 했다. 인생이 행복하지도 불행하지도 않다면 어떤 결단을내리든 용기가 필요하다(그게 꼭 퇴사를 뜻하는 건 아니다). 용기라는 게 그렇게 쉽게 샘솟지 않는다는 게 문제지만.

내 안의 용기를 끌어올려야 할 때 나는 북악스카이웨이에 간다. 차를 타고 고도가 높은 곳으로 빙글빙글 돌며 올라가다 보면 나오는 그 곳. 높은 곳에서 점점이 찍힌 빌딩들을 내려다보고 있으면 '저 좁다란 세계에서 아등바등 살고 있었구나' 하는 생각에 헛웃음이 나온다. 또한 신기하게도 그 순간 머리를 어지럽히던 고민은 절로 사라진다. 늦은 시간에도 환히 불을 밝히고 있는 건물들을 내려다보면 저 점만한 공간에서 머리를 쥐어뜯으며 뭘 그리 고민했었나 싶다.

북악스카이웨이에서 인생의 대소사를 결정하는 역사는 20대의 후반부를 보내며 시작됐다. 중대하게 여겨지는 고민이 있을 때마다 나는 북악스카이웨이에 올라갔다. 첫 직장을 퇴사할지 말지 고민할 때도 북악스카이웨이에서 해답을 찾았다. 퇴사는 아무리 해도 익숙하지 않지만 특히 첫 번째 퇴사를 할 땐 두려운 법. 이직할 곳도 정해두지 않은 상황이라 더 용기가 나지 않았지만 콩알만한 빌딩들을 바라보며 엄청나게 크게만 느껴졌던 고민의 무게가

줄어드는 신기한 경험을 했다. 살아가면서 늘 우리를 괴롭히는 질문, 무언가를 '할까 말까' 망설일 때 자신만의 장소를 찾아간다면 그 답에 조금은 쉽게 다가갈 수 있을 것이다. 내게 그런 장소는 북악스카이웨이였다.

결과론적으로 생각해 보면 대책 없이 회사를 그만뒀을 때도, 무작정 직종을 바꿨을 때도 큰 문제없이 이직을 하고 적응을 해 지금도 무탈하게 살아가고 있지만⋯⋯. 실은 마음고생을 한 날도, 벼랑 끝에 내몰린 것 같은 기분이 들어 견디기 힘들었던 때도 많다. 인생은 온갖 고초 끝에 '오래오래 행복하게 살았습니다'로 끝나는 동화 같기도, '인생은 가까이 보면 비극, 멀리서 보면 희극'이라던 찰리 채플린의 명언과 같기도 하니 참 알 수 없는 일이다.

내가 그리 똑똑하지 못해서인지, 인간이란 존재가 그래서인지 일상을 살다 보면 거시적으로 보는 법을 자꾸만 잊어버린다. 그래서 더 자주 환기시켜줘야 한다. 지금 스스로를 갉아먹는 듯한 고민이 실은 내가 생각했던 것만큼 그렇게 큰일이 아니라는 것을. 마음속에 진짜 원하는 것이 있지만 알 수 없는 두려움이 커 망설일 때도, 높은 곳에서 세상을 내려다봤던 그때의 기분을 기억하자.

험난한 세상에서
스스로를 지키는
방법에 대해

일하는 자아와 일하지 않는 자아

누구에게나 두 가지 자아가 있다. 남들과 있을 때 드러나는 공적인 자아와 진짜 자신의 모습인 사적인 자아.

나의 사적인 자아를 고백하자면, 전화 공포증이 있어 모르는 사람에게 전화 거는 일에 스트레스를 받는다(신기하게도 받는 건 아무렇지 않다). 하지만 출근한 이후의 내 공적인 자아는 어떤가. 하루에도 수십 통씩 전화를 걸거나 받는 일을 무리 없이 해낸다. 또 다른 사적인 자아는 사람이 북적이는 곳을 좋아하지 않고 특히 '인스타그램 핫플레이스'를 극혐하는 편이지만 나의 공적인 자아는 앞으로 유명해질 예정이거나 지금 가장 핫한 곳을 찾아다닌다.

출근과 동시에 간밤의 사적인 자아는 모습을 감추고 공적인 자아로 탈바꿈한다. 한껏 늘어져 있는 것을 좋아하고 주위에서 일어나는 일에 무신경한 편이지만 회사에서는 허리를 꼿꼿이 세우고 저 멀리서 일어나는 일까지 감지할 정도로 뛰어난 촉을 자랑한다.

예전에 동생이 몇 달간 나와 같은 매체에서 어시스턴트로 일한 적이 있었는데 문득 이런 말을 했다.

"언니는 집에 있으면 내가 불러도 잘 못 들으면서 회사에서는 편집장님이 엄청 작은 목소리로 불러도 왜 바로 대답해?"

나의 사적인 자아와 공적인 자아를 모두 본 유일한 사람. 동생의 한 마디를 통해 '나는 공적인 자아와 사적인 자아의 전환을 별 어려움 없이 할 수 있는 사람이구나'를 자각하게 됐다.

주 5일, 하루 최소 8시간 일하는 직장인으로 살아가다 보면 공적인 자아로 지내야 하는 시간이 압도적으로 많다. 일단 출근을

하고 나면 주어진 역할과 해야 할 업무가 있고 기왕이면 그것을 잘 해내야 할 의무가 있다. 일의 감각을 명민하게 유지하면서 원하는 기간만큼 즐겁게 일하기 위해서는 아무리 거친 폭풍이 몰아쳐도 자기 자신을 지키는 것이 가장 중요하다. 그래야만 멘탈이 무너지기 쉬운 갖가지 상황에서도 마음을 단단히 부여잡아 평온함을 유지할 수 있고, 견고한 일상 또한 구축할 수 있다.

사회생활을 막 시작한 20대에는 그런 것 따위 알 리가 없었다. 회사 사람들과도 동아리 친구처럼 지내고 일과 삶의 경계 같은 것도 구분할 줄 몰랐다. 자신을 지키는 일에 서툴렀던 나는 일을 시작한지 4년 만에 그 대가를 혹독히 치렀다. 번아웃이 뭔지 그 때 처음 경험하게 된 것이다. 퇴사 이후의 삶에 대해 고민할 여유도 없이 회사를 그만둘 정도로 멘탈이 탈탈 털렸다.

20대 후반의 첫 번째 번아웃 이후 험난한 일터로부터 스스로를 보호해야겠다고 생각했다. 더 이상 온몸을 던져 일하지 말아야겠다고 다짐했다. 섭외 거절 답변으로부터 상처받지 말자고, 무리한 요구를 하는 무례한 사람들로부터 무뎌지자고, 새벽까지 일하느

라 건강을 해치지 말자고 최면을 걸 듯 수없이 되뇌었다. 그러려면 일하는 자아와 일하지 않는 자아를 분리해야 했다.

퇴근 후에 샤워를 하며 하루 동안 있었던 일들을 흘려보내다 보면 공적인 자아였을 땐 대수롭지 않게 넘겼던 하루 동안의 일 중 상처가 되었던 말, 다소 억울했던 일, 적절하게 대처하지 못해 후회로 남은 일들이 꼬리에 꼬리를 물고 떠오른다. '네가 잘못한 일은 절대 아니지만 억울하겠다. 그냥 그러려니 하고 잊어버려', '다음번에 그녀가 또 나에게 그런 행동을 하면 그때는 타이밍을 놓치지 말고 똑 부러지게 말하자', '너무 갑작스러운 일이라 그를 적절히 위로해 주지 못했네. 다음번에 비슷한 상황이 발생하면 그땐 꼭 이렇게 말해' 등 이렇게 하루 동안 쌓인 화와 묵은 감정을 뜨거운 물에 흘려보내다 보면 거짓말처럼 괜찮아지곤 한다.

아무것도
하지 않는
연습

꼭 무엇을 해야 하나요?

주말엔 특별한 약속이 있지 않는 한 집 밖으로 잘 나가지 않는다. 더 정확히 말하면 '나가지 않는다'와 '나갈 수 없다' 사이의 어디쯤이다. '세상에, 이렇게 날씨가 좋을 수 있다니'라는 생각이 드는 맑고 화창한 가을 하늘. 몇 번의 주말이 지나면 다신 만끽하지 못할 며칠 안 되는 날이라는 걸 알면서도 도저히 밖에 나갈 수가 없다.

집에서 부지런히 이것저것 하는 날도 있지만 아무런 의욕이 생기지 않는 날도 있다. 책 읽기도 싫고 영화를 보는 것도 재미없고 글쓰기도 피곤해 하루 종일 멍하니 유튜브와 포털 뉴스만 보며 시간을 소비하는 날. 빨래도 설거지도 귀찮고 어질러진 물건도 정리하기 싫어 먹는 시간을 제외하고는 침대와 한 몸이 된다. 뒹굴거리는 시간이 한없이 행복하게 느껴지지만 어떤 날엔 무기력한 나에게 자괴감이 들기도 한다. 하루 종일 아무것도 한 게 없다는 생각에 게으른 내가 잠시 싫어진다.

이런 날일수록 시간은 빠르게 흘러 금세 해가 진다. 밤이 되면 에너지가 솟는 편이라 억지로라도 몸을 일으켜야겠다는 생각이 들어 물을 끓이고 홍차를 우려낸다. 종일 가라앉은 기분이 조금씩 나아지면서 문득 그런 생각이 든다. '아무것도 하기 싫을 땐 아무것도 하지 않아도 되는 거 아닌가? 왜 늘 무언가를 해야 한다고 생각하는 거지?'

그러고 보면 매일 7시에 일어나 1시간 동안 지하철을 타고 출근해 대부분 8시간, 때로는 그 이상 바쁜 하루를 보내고 집에 돌아온다. 일하는 시간을 제외한 자투리 시간에는 글감도 생각하고 글도 쓴다. 물론 빈둥거릴 때도 많지만 대부분 무언가를 하면서 보내고 있으니 가끔은 아무것도 하기 싫은 게 당연한 것 아닐까? 어쩌면 더 자주 아무것도 하기 싫어해도 괜찮다.

늘 뭔가를 해야 한다는 강박을 스스로에게 갖고 있는 나. 어쩌면 몸 속 면역 체계를 교란시킨 건 스스로에게 해야 할 과제를 끊임없이 부여하는 내 자신이었을지도 모른다.

아무것도 하기 싫을 때, 아무것도 하지 않고도 잘 쉬는 법을 모르는 나는 잘 해내려 애쓰는 대신 아무것도 하지 않는 법을 연습해야 할 것 같다. 무언가를 해야만 한다는 강박은 나를 성장시키기도 하지만 때론 병들게도 하니 말이다.

월요일을
맞이하는
자세

일요일 밤에 치르는 나만의 의식

일요일 밤은 순식간에 찾아온다. 다른 날과 똑같은 밤인데, 일요일 밤만 되면 어쩐지 마음이 경건해진다. 보는 눈도, 아무런 제약도 없는 나만의 공간에서 마음껏 흐트러져 있다 아침이 되면 언제 그랬냐는 듯 에디터 흉내를 내야 하기 때문일까.

한 주를 마무리하고 새로운 한 주를 활기차게 보내기 위해서는 공적인 자아를 깨우는 의식이 필요하다. 매주 일요일 어둠이 내린 직후 나만의 리추얼ritual(항상 규칙적으로 행하는 의식)이 행해진다.

일요일 밤, 늘어진 나를 깨우는 의식에 대해 이야기하겠다.

1. 차tea를 마신다.

차의 종류는 그때의 기분에 따라 선택한다. 그 순간 끌리는 차를 마시는데 요즘에는 오렌지 향이 나는 홍차나 딸기청에 뜨거운 물을 부은 차를 즐겨 마신다. 향긋한 차가 좋다.

2. 아로마 테라피를 한다.

천연 에센셜 오일을 손바닥에 떨어뜨려 양손을 비빈 후 목 뒤에 바른다. 양손을 코앞에 가져와 깊게 숨을 들이마시고 내쉬기를 반복한다. 에센셜 오일은 요가를 하면서 사용하게 됐는데, 너무 좋아서 구매해 침대 밑에 두고 수시로 사용 중이다. 현재는 라벤더 향을 사용하지만 페퍼민트도 구매 예정이다. 쓸데없는 식욕이 줄어드는 효과는 덤.

3. 몇 장이라도 책을 읽는다.

특히 일요일 밤에 하는 독서는 머릿속을 정리하는 효과가 있다. 몇 장 못 읽고 잠들 때도 많지만…….

SUNDAY RITUAL

4. 무엇이라도 쓴다.

생일이 겨울이라 어릴 때부터 목도리, 장갑, 손난로 같이 겨울을 따뜻하게 보내게 해주는 선물을 많이 받았다. 그러다 몇 해 전 생일선물로 코타츠를 받은 이후 코타츠는 '최애' 아이템이 되었다(그 후로 겨울에는 대부분 코타츠에서 지낸다). 코타츠에 앉아 무언가를 끼적이다 보면 특히 좋은 생각들이 많이 떠오르곤 한다. 원래 차분한 성격인데 더욱 차분해진다.

5. 침대에 누워 요가 시간표와 영어 학원 시간표를 훑어본다.

요가와 영어 공부를 시작했다. 지구력이 부족해 포기가 빨랐는데 다행히도 둘 다 꾸준히 하고 있다. 요가는 일주일 중 언제라도 가도 되는 시스템이고 영어 학원은 주 3회지만 교차 수강이 가능하다. 주중 언제 갈지 대충이라도 정해두며 다음 주 스케줄을 대략 가늠한다.

영화 〈완벽한 타인〉의 막이 내릴 때쯤 다음과 같은 구절이 나온다. '사람에게는 세 개의 자아가 있다. 공적인 자아, 사적인 자아, 그리고 비밀스러운 자아.'

주말 동안의 비밀스럽고 사적인 자아여, 돌아오는 주말까지 잠시 안녕.

울고 싶을 때
울 수 있는
용기

내 마음을 드러내 보일 수 있게

일주일 동안 쓸 수 있는 소셜 게이지(사회 생활을 할 때 필요한 에너지)가 한정되어 있다. 연이은 미팅이나 인터뷰 등으로 소셜 게이지가 소진되면 남은 요일을 보내는 게 힘겨워진다. 게다가 소셜 게이지가 바닥을 보이면 점심시간에 밥을 먹으면서 이야기하는 일상적인 일들도 피곤하게 느껴진다.

한번은 회사에서 점심시간 동안 진행되는 명상 수업이 있기에 에너지도 끌어올릴 겸 난생처음 명상을 하러 갔다. 그날의 명상은

'자애 명상'이었고, 명상 의자 위에는 종이와 연필이 하나씩 놓여 있었다. 선생님은 지난 한 주 동안 있었던 감사한 일을 떠올리며 적어보라고 했다. 처음 드는 생각은 '별로 고마운 일 같은 건 없는데……'였지만, 적으라고 하니 억지로라도 짜내어 하나씩 써내려가기 시작했다.

오늘도 좋은 하루 보내라고 따스한 메시지를 보내준 가족과 친구들, 함께 프로젝트를 하며 조언을 아끼지 않는 멤버들, 내가 쓴 글에 공감과 응원의 댓글을 달아준 이름 모를 사람들까지, 고마운 일들은 생각보다 많았다. 종이에 써내려가는 연필의 속도가 점점 빨라졌다.

얼마 후 선생님은 쓰던 것을 멈추고 눈을 감으라고 했다. '이제 고마운 일들을 떠올려 보세요. 당신이 사랑하는 사람들이 행복하기를, 당신에게 마음의 평화가 깃들기를, 당신이 늘 건강하기를…….' 알 수 없는 감정이 복부 아래에서부터 꾸역꾸역 올라왔다. 갑자기 울음이 터지려고 해 당황스러웠지만 간신히 울음을 참았다. 내 옆에 앉은 누군가는 펑펑 울었다. 마치 혼자 있는 것처럼.

그러고 보니 나는 사람들 앞에서 눈물을 흘려본 적이 없다. 상상을 초월할 정도로 놀랄 만한 일이나 슬픈 일을 맞닥뜨렸을 때 몇 번 울음이 터지려고 한 적이 있었지만 그럴 때마다 오히려 초연해졌다. 바닥에 풀썩 주저앉고 싶고 손이 덜덜 떨림에도 애써 참았다. 남들 앞에서 눈물을 보인다는 것이 어쩐지 창피하게 느껴지고 감정을 드러내 보이는 것 같아 싫었기 때문이다. 아무도 나에게 강해 보여야 된다고 한 사람은 없지만 스스로에게 굳센 사람이 될 것을 강요했다. '약한 모습은 보이면 안 돼' '평정심을 잃지 말아야 해' 누구도 시킨 적 없는 주문을 하면서.

눈물이 나려고 할 때 참을 줄도 알아야겠지만 울고 싶을 때 울 수 있는 것도 용기다. 나에겐 아직 울 수 있는 용기가 부족한 것 같다. 두 발로 서 있기 힘들 때나 마음이 무너져 내리려 할 때 가끔은 펑펑 울어도 괜찮지 않을까? 울고 있는 나의 등을 토닥토닥 두드려 줄 누군가의 품에 안겨 마음껏 울다 보면 괜찮아지는 일도 있을 테니. 이제는 울고 싶은 일들이 생기면 방구석에서 이불을 뒤집어쓰고 혼자 울음을 삼키는 대신 그냥 펑펑 울어봐야겠다. 마음을 드러내 보일 수 있는 용기를 내어 봐야겠다.

도망치는 건
부끄럽지만
도움이 된다

마음이 방전되었을 때 충전하는 법

어른으로 사는 게 유난히 지치고 힘들어질 때, 아무도 나를 찾지 않는 곳으로 숨고 싶을 때, 나는 부모님이 계신 고향 안동으로 훌쩍 떠난다. 한 명의 직업인에게 요구되는 과업과 어른에게 주어지는 각종 의무들로부터 도망치듯 내려가는 안동은 나에겐 잠시 현실에서 멀어지는 도피처이자 다시 일상을 살아가는 힘을 충전하는 곳이다.

안동에 도착하면 엄마, 아빠가 터미널로 마중을 나오신다. 지하철이 아닌 아빠 차를 타는 게 얼마만인지. 아빠 차에 타고 엄마와 손을 맞잡자마자 의식의 스위치가 '안동 모드'로 전환된다. 심장 박동이 느려지고 속세에서 한 발짝 벗어난 기분. 죄를 지어도 벌할 수 없는 신성한 땅 소도처럼 아무도 나를 해할 수 없는 절대적 공간에 들어온 느낌이다. 안동댐의 물안개와 찬 공기가 신성한 막처럼 나를 감쌀 때 비로소 내가 있어야 할 곳에 온 것 같아 마음이 안정된다.

다음 날 아침 달그락거리는 소리와 맛있는 냄새에 눈을 뜨면 집에 왔다는 생각에 다시 한 번 안도의 한숨을 내쉬게 된다. 햇살도 어쩐지 더 밝고 이불의 감촉도 바스락거리는 게 시원하면서도 푹신해 이대로 계속 누워있고 싶다. 그러고 보니 아침에 밥 냄새와 함께 깨어나는 따스한 기분을 오랜만에 느낀다. 주말 오전, 가장 큰 위로가 되어주던 맥모닝 대신 엄마 밥을 먹으며 안동에서의 느린 하루가 시작된다.

혼자서도 별 탈 없이 잘 지내고 있다고 자부하다가도 고향에 한

번씩 내려올 때마다 '진짜 잘 살고 있는 게 맞는지' 되묻는다. 서울로 대학을 간 것도, 졸업 후에 다시 고향으로 내려가지 않고 이곳에 남아 일하고 있는 것도 다 내가 원해서 지속하는 삶이다. 어쩌면 지금의 이 삶을 '쟁취'했다는 표현이 더 적합할지도 모르겠다. 이곳에서 내가 하고 싶은 일을 하며 살아가기 위해 끊임없이 노력하고 노력해왔으니까. 엄마는 안동에 내려갈 때마다 우리에게 손수 지은 밥을 해먹이며 말씀하신다. "행복이 뭐 별건가. 식구들이 한 식탁에 둘러앉아 같이 밥 먹는 게 행복이지." 자신들의 의지로 부모님의 품을 떠난 삼 남매는 아빠가 손수 기른 온갖 야채들로 엄마가 지은 밥을 먹으며 잠시 어린아이가 된다.

안동에서 며칠 머물다 돌아오면 그간 차곡차곡 쌓아온 나의 견고한 일상이 있는 서울도 꽤 좋다는 생각이 든다. 그토록 도망치고 싶었던 일상에서 한 발짝 떨어져 지내다 보니 언제 그랬냐는 듯 금세 마음의 배터리가 충전된 것이다. 오랜만에 출근해 바쁘게 일하는 감각도 좋고 코타츠에서 영화를 보며 집중하는 기분도 좋다. 요가를 하며 땀을 흘리고 몸과 마음의 균형을 찾아가는 감각도 비로소 일상에 복귀한 기분을 일깨워준다.

진짜 휴식은 '출근하기 싫어'가 아니라 '출근하는 기분도 꽤 괜찮네'하는 감각을 심어주는 것. 또 언제 배터리가 방전될지 모르겠지만 잠깐이나마 고향에 다녀온 덕분에 일상을 잘 살아낼 수 있는 힘을 마음에 비축한 나. 힘들 때마다 이따금 심호흡하며 충전된 배터리를 꺼내 써야겠다.

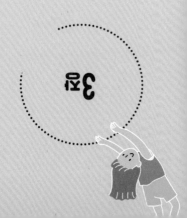

3장

서른,
비로소
나를 알게 되다

반차 같이
사는 게
꿈입니다

하루에 절반만 일을 한다면

출근하려고 마을버스를 기다리고 있는데 노랗게 핀 개나리꽃이 눈에 들어왔다. 휴대폰으로 개나리꽃을 찍으려는 순간 마을버스가 와 그냥 타고 말았다. 만원 버스를 견디기 위해 여느 때처럼 자리에 앉아 에어팟을 끼고 눈을 감았다. 평소와 다른 게 있다면 나를 둘러싸고 있는 공기였다. 이대로 한 시간이고 두 시간이고 시간이 오래오래 흘렀으면 좋겠다는 생각이 들 정도로 나른한 온도. 버스가 언덕을 내려가는 내내 눈을 감고 있어도 눈부신 햇살이 그림자를 만들었다가 사라지고를 반복했다. 마침내 봄이 온 것이다! 출근길 BGM은 공교롭게도 잔나비의 노래였는데, 덕분에 가뜩이나 싱숭생숭한 마음이 걷잡을 수 없이 요동쳤다.

2018년 겨울은 유독 나에게 혹독했다. 계절이 바뀌어도 마찬가지였다. 절기상으론 봄이 되었지만 출근길 아침은 늘 잿빛이었다. 그날은 겨울에서 봄이 되는 내내 칙칙했던 출근길 중 컬러풀한 수채화 같은 유일한 날이었다. 금방 지나가 버리고 말 완연한 봄을 놓치기 싫어 그 길로 출근해 다음 날 오후 반차를 쓰기로 했다. 누군가에게는 날씨가 좋다는 이유로 반차를 쓰는 게 이상하게 느껴질 수도 있겠지만.

인트라넷에 접속해 오후 반차를 클릭하고 나니 '사유'를 적는 칸이 눈에 들어왔다. '사유 : 날씨가 좋아서'라고 쓰고 싶었지만, 누가 마음 가는 대로 적을 수 있겠는가! 의도와는 다르게 반항하는 걸로 찍히거나 희대의 '사이코' 직원으로 길이길이 회자될지도 모른다. 봄기운 때문인지 진짜 이유를 적고 싶은 충동이 들었지만 늘 그랬던 대로 형식적인 사유를 써서 제출했다.

반차를 쓴 날 아침 출근길은 발걸음이 유독 가볍다. 사실 난 아침잠이 많은 탓에 휴가를 쓰면 썼지 반차를 쓴 적은 거의 없어서 반차를 쓴 날의 기분을 온전히 느껴보는 건 처음이었다. 딱히 거창한 계획이 있던 것은 아니었다. 평소 금요일 퇴근 후 즐기던 의식들을 봄볕 아래에서 더 오래오래 하겠다는 게 유일한 계획이었다.

오전 근무를 마치고 점심부터 고기를 구우러 갔다. 금요일 밤 지하철은 쭉 늘어선 줄이 날 숨막히게 하고, 간신히 타더라도 겨우 숨 쉴 공간만 확보한 채 다른 사람과 몸을 부대끼며 가는 동안에 녹초가 된다. 하지만 금요일 대낮의 지하철은 엄청나게 쾌적했다. 사람들에게 시달리지 않아서인지 고기도 평소보다 더 맛있고, 무엇보다 창밖으로 한낮의 봄을 즐길 수 있어서 좋았다. 흐린 날이었다고 해도 마찬가지의 기분이었을 것이다. 날이 좋아서, 좋지 않아서, 적당해서 모든 날이 좋았다는 드라마 〈도깨비〉의 대사는 반차를 쓴 날 오후를 위해 탄생한 것은 아니었을까.

구운 고기를 먹고 좋아하는 카페에 들러 책을 펼쳤다. 단지 반차를 썼을 뿐인데, 나는 왜 이렇게 행복해진 걸까? 대단한 걸 한 것도 아니고 회사를 벗어나 딱 하루에 절반 일을 안 한 것뿐이잖아? 그 순간 나는 앞으로의 내 인생이 더도 말고 덜도 말고 딱 반차 같았으면 좋겠다고 생각했다. 누군가 인생 계획을 물어온다면 말할 거리가 드디어 생긴 것이다. "반차 같은 삶을 사는 게 제 꿈입니다"라고.

누군가는 '그럴 바에 휴가 같은 삶을 사는 게 낫지 않나요?'라고 물을 지도 모르겠지만 천성이 게으른 나에게 휴가 같은 삶은 쥐약이다. 일어나고 싶을 때 일어나고 하고 싶은 대로 살아도 되던 시절, 그 생활이 딱 6개월까지는 꿀 같았지만 그 이후로는 지옥으로 바뀌는 경험을 했다. 해야 할 일도 없다 보니 저녁에 잠도 오지 않아 생활이 엉망으로 바뀌었다. 까짓것 밤낮 바뀌는 게 뭐가 대수냐, 했지만 밤에 깨어 있는 생활이 일상이 되면 낮에 아무리 따사로운 햇볕이 내리쬐어도 별로 행복하지 않았다. 좋거나 싫은 것이 없어진 일상은 견딜 수가 없을 지경이었다.

규칙적으로 일어나 명민하게 일하는 감각은 유지하면서도 계

절을 놓치지 않을 정도로만 바쁜 반차 같은 삶. 삶에 적당한 규율
이 존재하면서도 자유가 더 많이 주어진다는 점에서 매우 이상적
인 것이 아닐까 싶다.

싸이월드에 아직
비밀 폴더 하나쯤은
있잖아요?

아찔한 흑역사지만 지울 수 없는 이유

"큰일났어!"

친구로부터 다급한 카톡이 왔다.

"무슨 일이야?"

"싸이월드 접속이 안 돼."

친구에게 싸이월드 계정에 접속이 불가하단 이야기를 듣고 부라부랴 컴퓨터를 켜 포털 사이트 창을 열었더니, '싸이월드 역사 속으로', '싸이월드 이대로 사라지나?' 기사들이 쏟아지며 한바탕 난리가 나 있었다. 언제부터였는지 기억도 나지 않을 만큼 오랫동안 들어가 보지 않은 나의 작은 집. 몇 년간 방치한 공간이지만 누군가 부순다고 하니 접속이 안 된다는 걸 알면서도 황망한 심정으로 아이디와 패스워드를 입력했다.

지금은 인스타그램이나 트위터 등 SNS가 다양하게 사용되지만 2000년대 초중반 무렵 싸이월드는 젊은이(?)들의 유일한 소통 창구였다. 그래서 시간은 지났어도 아이디와 비밀 번호가 선명히 기억날 만큼 미니홈피는 나의 20대를 이야기할 때 빼놓을 수 없는 존재다. 일단 누군가와 친해지게 되면 일촌부터 맺는다. 일촌명 (닉네임)을 정하는 것은 그 시대의 '밀당' 같은 것. 잘해보고 싶은 남자아이의 일촌명은 전략적으로 짓곤 했다. 방명록, 비밀 다이어리, 사진첩 댓글, 일촌평 작성, 도토리 선물까지 구석구석 재미있는 추억이 서려 있다. 그런 싸이월드가 갑자기 폭파되었다는 소식을 들었으니, 당황스러운 건 어쩌면 당연한 일일 것이다.

그런데 가슴 한구석이 '쿵' 내려앉음과 동시에 홀가분한 기분도

SO SICK — NΦYX

Mini Home

백업해주세요

일촌평

흑역사 퍼가요 ~ ♥ (30대의 나 김△△)

내가
파도 좀 탔지

든 건 나뿐이었을까? 버릴까 말까 고민하다 결국 서랍 깊숙이 넣어둔 예전 남자친구와의 사진들처럼 싸이월드에도 지우지 못한 여러 개의 비밀 폴더가 존재한다. 과거를 떠올리면 오래 간직하고 싶은 기억도 많지만 지금 생각해도 아찔한 흑역사들이 줄줄 딸려 올라온다. 풋풋하고 아련한 추억들을 곱씹다 보면 언제나 회한과 후회로 마무리된다. 지우고 싶은 기억들만 모아 리셋 버튼을 누를 수 없다면 언젠가 잊히도록 놓아두는 게 상책 아닐까?

그래도 마음 한 구석에 미련이 남아 '싸이월드 백업', '싸이월드 접속 방법' 등을 검색하고 있는 걸 보니 흑역사를 모조리 부정하고 싶진 않았나 보다. 아무리 부끄러운 역사라도 함께 이고 지고 살아가야 할 나의 일부인 셈. '이불킥'을 하고 싶은 일들이 많다는 건 열심히 놀고, 사랑하고, 이별했다는 증거가 아닐까? 그러니 30대에도 열심히 흑역사를 만들며 재미있게 지내봐야겠다. 그리고 싸이월드 속 추억을 백업할 수 있는 기회가 한 번 더 주어진다면 흑역사들을 모조리 저장해 놓고 좀처럼 웃을 일이 없을 때나 인생이 미치도록 지루할 때 가끔씩 꺼내 봐야겠다.

요가를 한 지 1년,
많은 것이
달라졌다

몸과 마음에 생긴 크고 작은 변화들

　처음 요가를 하며 '선균형자세'를 할 때의 충격이 아직도 생생하다. 왼발로 서서 오른발을 왼쪽 허벅지에 고정한 채 합장한 자세를 말하는데, 나도 모르게 자꾸만 몸이 비틀거리고 다리가 풀려서 해 애를 먹었다. 내가 한 발로 서서 균형을 잘 못 잡는 사람이라는 걸 평생 모르고 있었다. 간신히 하긴 했는데 이게 뭐람. 사진으로만 봤을 땐 '에이, 저거 나도 하지'라고 쉽게 생각했던 자세라 황당한 마음에 얼마간 멍해 있었다.

선균형자세를 비롯해 요가에서는 한 발로 균형을 유지해야 하는 동작이 많다. 균형 잡기를 할 땐 발에 균등한 힘을 줘 바닥에 뿌리를 단단하게 내리고 몸의 중심이라 할 수 있는 복부에 힘을 단단하게 주는 것이 중요하다. 고도의 집중력도 필수다. 오른쪽 발을 왼쪽 허벅지에 붙인 상태에서 두 팔을 떼고 합장한 상태를 흔들림 없이 유지하려면 어느 한 지점을 바라보며 집중해야 한다. 잠시라도 딴생각을 하게 되면 균형을 잃어 비틀거리거나 다리가 풀려 넘어지고 만다.

요가를 시작하기 전의 나는 내 몸 하나도 자유자재로 움직일 수 없는 사람이었다. 두 팔과 두 다리로 바닥을 짚은 다음 엉덩이를 위로 들면서 기지개를 켜듯 몸을 쭉 뻗는 동작을 요가에서 '견상 자세'라고 한다. 보기에는 무척 쉬워 보이는 동작이지만 막상 해보니 생각만큼 잘 안됐다. 손이 자꾸만 앞으로 미끄러지고 팔다리가 후들후들 떨려 자꾸만 중심이 흐트러졌다. 내 몸은 두 팔, 두 다리로 땅을 지탱할 수도 없을 정도로 굳고 약해져 있었다. 요가를 시작한 지 석 달쯤이 되어서야 드디어 두 팔다리가 후들후들 떨리지 않고도 견상 자세를 할 수 있게 됐다(지금은 견상 자세를 기지

개 켜 듯 해낸다).

요가 수련을 시작한 이후 많은 것이 달라졌다. 지난 일 년간 내 몸과 마음에 생긴 크고 작은 변화들을 공유한다.

1. 지구력이 생겼다

나는 한 번 마음먹으면 실행을 잘하는 스타터starter지만 지구력이 부족해 끝까지 완주하는 건 어려웠다. 빨리 싫증을 내거나 지쳐 금세 포기하기 일쑤였다. 뒷심이 부족해 흐지부지한 마무리를 지을 때도 많았다. 작년부터 마음먹은 일을 꾸준히 하게 됐는데 돌이켜보니 요가를 시작한 것이 큰 힘이 된 것 같다. 같은 동작을 무수히 반복하며 매트 위에서 땀 흘리고 애쓴 시간들. 나는 나도 모르는 새 조금씩 단단해지고 있었던 것이다.

2. 많은 것을 해낼 수 있게 됐다

출퇴근만으로도 지쳐 아무것도 할 수 없던 내가 지금은 영어 공부와 글쓰기를 병행하면서 일을 하고 있다. 퇴근 후에 그저 눕기 바빴던 때보다 오히려 일도 더 열심히 하게 됐다. 요가 수련을 하

면 어느 날엔 쉽게만 느껴지던 동작이 어떤 날엔 힘겹게 느껴질 때가 있다. 몸과 마음의 상태에 따라 같은 자세라도 매일 다르게 느껴진다는 것을 반복적으로 경험했다. 앞으로 달려 나가기 바빠 정작 나 자신을 돌아볼 여유가 없었던 지난날들. 하지만 요가를 계기로 몸과 마음을 들여다보게 됐다. 그리고 우리의 몸은 주의를 기울일수록 더 많은 걸 해낸다.

3. 마음이 평온해졌다

화가 나거나 답답한 감정이 치밀어 오를 때면 상황을 객관적으로 보려고 노력한다. 지금 눈앞에 일어나고 있는 일 외에 생겨나는 모든 분노와 걱정은 생각으로 인해 일어나는 것이라고. 명상을 통해 깨닫게 된 삶의 지혜다. 생각이 다른 곳으로 흩어질 때마다 다시 호흡에 집중한다. 상황을 객관적으로 바라보자 분노에 휩싸이는 일이 극적으로 줄고 평온함을 유지할 수 있게 됐다.

4. 스스로를 돌볼 줄 알게 됐다

다 큰 어른이라도 몸과 마음이 하는 소리에 끊임없이 귀를 기울여야 한다는 걸 깨달았다. 몸과 마음의 상태를 알아차리지 못할 정도로 둔감하고 무관심했지만 요가를 한 이후에는 온몸의 감각이 깨어나 조그마한 변화도 알아차릴 수 있게 됐다. 피곤할 때는 좋은 음식을 먹고 마시려 노력하고 몸이 찌뿌듯할 때는 스트레칭을 하며 에스컬레이터 대신 계단을 이용한다.

30대가 되면서 지금 내가 잘하고 있는지, 이게 맞는지 고민과 번뇌가 뒤섞여 잠시 웅크려 있던 적도 있었다. 그럼에도 모든 것을 이겨내고 다시 달릴 수 있게 된 건 요가가 있었기 때문이다. 매트 위에서 노력하며 땀 흘린 시간들이 빛을 보는 순간이다. 때때로 부정하고 싶던 나 자신과 마주하며 조금씩 단단해진 덕분이 아닐까 싶다.

시시한
노력이라도
하기로 했다

팔 굽혀 펴기 5개를 하기까지

미셸 오바마가 〈엘렌 드제너러스 쇼The Ellen DeGeneres Show(미국 NBC에서 방영되고 있는 유명 토크쇼 프로그램)〉에 출연해 팔 굽혀 펴기 대결을 펼친 영상을 보았다. 당시 미셸 오바마는 미국 내 소아비만 문제 해결을 위한 '렛츠 무브Let's move' 캠페인을 주도하고 있었고 엘렌과 이에 대한 이야기를 나누던 중이었다. 매일 아침 운동을 한다는 미셸에게 엘렌은 즉석에서 팔 굽혀 펴기 대결을 제안했다. 2012년 당시 쉰을 바라보는 미셸은 팔 굽혀 펴기 25개를 정석에 가까운 자세로 거뜬히 해냈다. 미셸 오바마보다 몇 살 더 많은, 50대의 엘렌도 미셸 오바마와 거의 비슷한 숫자로 팔 굽혀 펴기를 했다. 엘렌과 미셸의 모습은 너무 아름다웠고, 난 바로 그때부터 이들을 존경하는 인물 리스트에 올리게 됐다.

그 영상은 나에게 꽤 충격적으로 다가왔다. 단지 그녀들이 팔 굽혀 펴기를 잘해서 그런 건 아니었다. 불혹을 훌쩍 넘긴 나이에 20개 이상의 팔 굽혀 펴기를 거뜬히 해낸다는 것은 그녀들이 지금의 자리에 오르기까지 쏟은 수많은 노력을 상징적으로 보여주는 것 같았다. 법조인에서 영부인이 된 미셸 오바마는 버락 오바마의 지지율보다 높을 정도로 큰 사랑을 받았다. 말만 번지르르한 구호에 그치지 않고 온몸으로 캠페인의 진정성을 보여준 미셸 오바마, 2003년부터 자기만의 쇼를 진행하며 이 쇼를 세계 최정상 반열에 올려놓은 엘렌이 자기 관리를 위해 매일 어떤 노력을 하는지 알 수 있는 하나의 예시였다.

"매일 새벽 5시에 일어나 운동을 해요. 남을 도우려면 자기 자신부터 챙겨야 하죠."

미셸 오바마의 말이다. 돌이켜보면 나는 사회 초년생일 때부터 지치지 않는 열정, 강인한 체력, 넘치는 에너지를 가진 여성들을 끊임없이 동경했다. 뭔가를 조금만 해도 잘 지치고 퇴근 후 집에 오면 개인적인 시간을 가질 새도 없이 잠들어 버리는 나약한 체력이 불만족스러웠다. 도대체 늘 프로페셔널하게 자신의 영역에서 최선을 다하는 저 여자들의 비밀은 뭘까? 난 늘 궁금했다.

나는 대부분 피곤했고 집에서는 온종일 늘어져 있었다. 언젠가부터 금요일 밤에 집에 돌아오면 월요일 아침 출근할 때까지 밖에 나가지 않게 됐다. 어쩌다 중요한 약속이 있어 주말에 외출이라도 하면 몸살이 날 것 같다고 해야 하나. 여행을 떠나도 하품을 하며 돌아다니기 일쑤였다. 정말이지 이 저질 체력에서 벗어나게 해줄 명의가 있다면 그곳이 어디든 찾아가고 싶은 심정이었다. 피곤하다 못해 피로에 지친 내가 할 수 있는 최선은 가능한 침대를 벗어나지 않는 것뿐이었다.

미셸과 엘렌의 아름다운 대결을 본 후 문득 그런 생각이 들었다. 늘 피곤하다고 하면서 나는 과연 어떤 노력을 했는가? 하루에 단 10분이라도 체력을 키우기 위해 땀을 흘렸나? 내 몸을 위해 아무엇도 한 것이 없으니 잘 지치는 것도 당연한 게 아닌가?

그녀들처럼 불혹이 넘은 나이에도 팔 굽혀 펴기를 거뜬히 해내는 사람이 되기 위해서는 일단 시시한 노력이라도 시작해야 했다. 나의 체력을 고려해 '매일 팔 굽혀 펴기 5개'를 하기로 마음먹고, 팔 굽혀 펴기를 한 날은 다이어리에 '팔 굽혀 펴기 5개'라고 기록했다.

누군가에겐 습관 메모를 하는 것이 동기 부여가 된다고 했지만, 초등학교 방학 숙제 이후로 일기를 쓰지 않았던 나에겐 그 방법이 적절치 않았다. 성취감은커녕 오히려 팔 굽혀 펴기를 하고 기록해야 된다는 생각이 무의식중에 부담으로 작용했다. 어느 샌가 팔 굽혀 펴기 5개를 하겠다는 결심은 까마득히 잊었다.

그러다 잊고 있던 팔 굽혀 펴기가 다시 떠오른 건 출퇴근만으로도 방전이 돼 자책하던 날이었다. 미셸 오바마의 팔뚝이 갑자기 눈앞에 그려졌다. '하루에 팔 굽혀 펴기 5개도 안 하는데 자괴감을 느낄 명분도 없다' 그렇게 도전은 다시 시작됐다. 지난번의 실패를 교훈 삼아 습관을 자동화하기로 했다. 이번엔 결코 흐지부지되게 하지 않으려고 매일 정해진 타이밍에 하기로 정했다. 매일 아침 씻고 나와 물을 마시며 프로바이오틱스 한 알을 먹는데, 그때 팔 굽혀 펴기 5개를 하기로 한 것이다. 영양제를 꿀꺽 삼키는 순간 팔 굽혀 펴기가 자동으로 떠오르게 한 덕분에 이번에는 팔 굽혀 펴기를 3주째 계속하고 있다.

《아주 작은 습관의 힘》의 저자 제임스 클리어는 '매일 1%의 노력이라도 하면 습관은 복리가 되어 나에게 돌아온다'라고 말한다. 하루에 팔 굽혀 펴기 5개를 이틀 해도 고작 10개다. 하지만 한 달, 6개월, 1년 동안 매일 반복하면 내게 어떤 변화가 찾아올까? 두 팔로 스스로를 단단히 지탱하기 위한 사소한 노력들이 탄생시킬 새로운 버전의 '나'. 나는 어제보다 더 강해지고 있다.

그는 내게
커피를 끊으라고
했지만

더 나은 삶이 기다리고 있을까?

"커피가 몸에 독이 되는 체질이네요."

매일 맛있는 커피를 마시는 게 삶의 커다란 행복이자 금요일 밤에는 구운 고기를 꼭 먹는 나에게 청천벽력 같은 소리였다. 체질 감별을 위해 찾은 한의원에서 원장 선생님의 말씀이 내 몸은 커피가 해로운 체질이라는 것이다. 약이 되는 음식은 쉽게 말해 시골밥상. 그중에서도 뿌리채소보다는 잎채소가 건강에 이롭다며 서

양에서는 나와 같은 체질인 사람들 중 채식주의자가 많다고 했다.

"아닌데요? 저는 커피를 마시면 정신이 깨어나는 걸요?"

나는 당장 받아들이기 힘든 사실에 크게 반발했다. 원장 선생님은 젊은 사람들이 커피를 마셔야 정신이 든다고 느끼는 게 바로 '잘못된 것'이라며 몸을 속이고 있는 거라고 하셨다(물론 커피에 함유된 카페인에 각성효과가 있지만 말이다). 일단 난 수긍하기 싫었고, 그다음엔 부정했다.

한의원에 가야겠다고 마음먹은 건 친구와 커피를 마시다 나눈 이야기가 발단이었다. 중학교 1학년 때 알게 된 친구는 최근까지 한 번도 피곤해하거나 지친 모습을 보인 적이 없다. 같이 여행을 가면 알람이 여러 번 울려야 겨우 눈을 뜨는 나와는 정반대로 알람이 한 번 울리자마자 벌떡 일어나 활기차게 나갈 준비를 했고, 심지어 침대에 누워서 빈둥거리는 걸 싫어한다고 해 꽤 신기할 정도였다.

그런데 강철 체력을 자부하던 친구가 얼마 전부터 몸의 피곤함을 느껴, '이러다 뭔가 잘못되는 게 아닐까' 싶은 마음에 인터넷을 뒤지고 뒤지다 용하다는 한의원을 발견해 찾아갔다고 했다.

초등학교 때부터 주식이 밥 대신 빵일 정도로 열렬히 빵을 좋아하는 친구는 웃프게도 밀가루가 몸에 독인 체질로 판명 났다! 친구는 원장님에게 자신이 그간 얼마나 많은 종류의 빵을 섭렵했는지 설명했지만 쓰디쓴 약 처방이 내려졌을 뿐이었다. '그 정도 빵을 먹었는데 이 체질에 이 정도 건강을 유지하는 게 신기하다'며 원장님은 한약을 먹는 동안 체질에 맞는 음식을 섭취해볼 것을 권했고, 맞춤형 건강 식단을 철저하게 지킨 친구는 정말 신기하게도 피로가 완전히 싹 가셨다고 했다.

평소에 활기찬 편이지만 일과 시간에 기력을 소진하고 나면 더 이상 에너지가 없어 반강제 집순이가 되는 나는 친구의 그 말에 눈이 번쩍 뜨여 그 길로 당장 한의원을 찾아갔다. 회식하고 난 다음 날 아침 갑자기 쓰러졌다는 친구의 회사 동료 이야기를 들은 적도 있고, 또래 중 누군가가 돌연사로 목숨을 잃었다는 이야기도 아주 가끔, 들려온다. 더 이상 남의 이야기가 아니었다. 몸이 보내는 신호를 대수롭지 않게 흘려보내기가 매우 찜찜했다.

나는 친구와 같은 체질이었다. "이 체질이 제일 불쌍한 체질이에요. 먹을 수 있는 게 별로 없거든요." 밀가루도, 고기도, 카페인도, 매운 음식도, 알코올도 다 몸에 해롭다고 했다. 장기 중 간의 기능이 유독 약해 남들과 똑같이 고기를 먹고 술을 마셔도 분해를 잘 못해 부기도 심할 거라 했는데, 정말이다. 나는 늘 부어 있는 편이다. 그게 그 동안 몸에 독이 되는 음식을 먹은 영향이었다니. 싫어도 인정할 수밖에 없었다. 나는 한약을 먹는 동안만이라도 체질식을 잘 지켜보기로 했다.

오 마이 갓. 소울 푸드로 여겨왔던 커피와 구운 고기를 안 먹으니 정말 몸이 달라졌다. 알람 없이도 새벽 5시에 저절로 눈이 번쩍 떠지는 기적을 체험했고, 새 생명을 얻은 기분이었다. 아침에 가뿐하게 눈을 뜨는 기분이 이렇게 상쾌한 거였다니. 아니 상쾌하단 말로도 모자랐다.

큰 효험을 본 나는 체질식을 굉장히 신뢰하게 됐다. 약속이 있을 때는 고기보다는 해산물을 먹으려 했고 커피는 될 수 있으면 먹지 않으려 했다. 대신 차의 매력에 푹 빠지게 되었다.

기력은 되찾았지만 부작용도 있었다. 늘 먹을 것을 가리는 데 신경 쓰느라 나도 모르게 점점 예민함이 더해졌고, 하지 말라면 더 하고 싶다더니 '맛있는 커피를 마시고 싶다'는 욕망도 자꾸 커져만 갔다. 매일의 행복 중 큰 지분을 차지하던 것을 안 하니 일상이 풍요롭지 못한 기분이었다. 새벽 5시에 번쩍 눈을 뜨는 상쾌함과 맛있는 커피를 마시는 행복의 대결이었다. 소중한 것을 잃어야만 차지할 수 있는 소울스톤('마블 시네마틱 유니버스'에 등장하는 여섯 개의 스톤 중 하나)도 아니고 정말이지 삶이 가혹하게 느껴졌다.

결과는 커피의 승리다. 맛있는 커피를 마시고 싶은 욕망 때문만은 아니었다. 커피를 포기할 수 없었던 더 큰 이유가 있다. 무엇보다도 커피를 사랑하는 내 취향을 포기하고 싶지 않았다. 더 이상 주말 오전에 핸드 드립을 내리지 않는 나라니, 이렇게 아름다운 잔에 담긴 뜨거운 커피 한 잔을 더 이상 마시지 않는 나라니, 여행지에서 로컬 커피숍을 찾아다니지 않는 나라니! 상상할 수 없다.

어느 순간부턴가 나는 커피를 사랑하는 내 모습을 좋아하게 돼버린 지도 모르겠다. '무슨 커피를 좋아하세요?'라는 물음에 무조

건 단 것만 고르던 20대를 지나 내가 좋아하는 커피에 대해서도 몇 시간이고 이야기할 수 있는 '취향'이란 걸 가지게 된 30대의 나.

지금도 나날이 취향을 견고하게 만들어 가고 있는 나는 커피를 포기하지 않는 대신에 만성 피로의 시달림을 기꺼이 감수하기로 했다.

소심한 사람이
축하를
건네는 법

어색하지 않게 마음을 표현하고 싶다면

[상품의 유효기간이 30일 남았습니다. 유효기간 만료 전 쿠폰을 사용하시거나, 선물함으로 이동하여 해당 쿠폰의 유효기간을 연장해주세요.]

카카오톡 '선물하기'에서 온 메시지다. 또 30일이 지났구나. 한달이 생각보다 참 빠르다고 생각하면서 '교환권 연장' 버튼을 누른다. 기프티콘을 문자로만 주고받던 2G 폰 시절에는 저장해뒀다가 잊으면 그만이었는데, 요즘 카카오톡은 알림이라도 보내줘서 다행이다. 물론 가끔 문자로 기프티콘을 받기도 하지만 의도치 않게 수많은 사진과 뒤섞여 자칫 사용기간을 놓칠 뻔한 적도 몇 번 있었다. 다행히 아직까지는 빠뜨리지 않고 다 사용했지만.

스마트폰이 없던 시절과 비교해보면 확실히 요즘은 마음을 더 쉽게 건넬 수 있다. 오랫동안 연락하지 않던 사이라도 어색하지 않게 인사 건넬 방법이 생긴 것이다. 생일이 되길 기다렸다가 카카오톡 '선물하기'를 이용해 슬쩍 연락을 취하는 것도 자연스럽다. 마침 카카오톡에서 연락처에 있는 이들의 생일까지 알려주니 '오다 주웠어' 뉘앙스로 민망하지 않게 챙기기도 더 좋다.

내 생일에도 한동안 연락을 주고받지 않던 이들이 축하 메시지나 기프티콘을 보내오곤 한다. 그때의 기분은 상대방이 누구든 상관없이 '매우 좋음'이다. 때로는 감격스럽기까지 해서 '나도 주위 사람들에게 좋은 사람이 되어야지' 하는 결심을 하곤 한다. 하지만 소심쟁이인 나는 축하한다는 인사나 기프티콘 하나 보내는 데도 이런저런 생각이 많아져서 주위 사람들에게 축하 인사를 건네지 못하고 고민하다 결국 지나갈 때가 많다. 기프티콘을 고르다 결국 포기하게 되는 이유는 대체로 다음과 같다.

- 무성의해 보이진 않을까?
- 과연 좋아할까?
- 뜬금없이 이런 걸 왜 주냐고 생각하면 어쩌지?

일련의 의식 흐름을 겪고 나면 결국 흐지부지 그만두기에 이른다. 보통 첫 번째는 받는 사람이 '기프티콘 하나로 대충 때우려 하다니?' 하면서 형식적인 축하로 생각할까 봐 전전긍긍하게 되는 경우인데, 친하긴 하지만 최근 얼굴을 뜸하게 보게 되는 사이가 이에 속한다. 두 번째는 상대의 취향을 정확히 판단하지 못할 때 나를 괴롭히는 질문으로, 뭘 좋아할지 몰라서 이럴 바엔 안 보내는 게 나을까 고민하다 선물 보낼 타이밍을 놓쳐버린다. 마지막 세 번째는 그야말로 상대에게 선물을 보내놓고도 환영받지 못하는 경우다. '네가 나한테 이걸 왜?' 하며 갑자기 연락한 의도에 대해 의심하고 다른 목적이 있을까 오해해서 서로에게 좋지 못한 기억으로 씁쓸한 결말을 맞이하게 된다.

　오랜만에 연락 온 사람이든, 자주 연락하는 사람이든 생일 축하 인사는 그 자체만으로도 고맙고 좋은 일이다. 내가 그렇다면 상대방도 그렇지 않을까? 상대방이 무엇을 좋아할지 딱 떠오르지 않는다면 내가 받았을 때 기분 좋았던 선물이나 갖고 싶은 것을 주면 되지 않을까? 상대방이 어떻게 생각할지를 지레짐작하지 말고 그저 내 진심을 전하면 그걸로 충분할 테니 말이다.
　너무 소심해서 무심해 보이기도 하는 나는 이제 마음껏 축하 인사를 건네는 사람이 되기로 했다.

서른,
비로소 있는 그대로의 나를
사랑하게 되다

막연한 환상과 생각보다 괜찮은 현실 사이

서른 살이 되면 당연히 한강이 한눈에 내려다보이는 고층 아파트에서 살 거라고 생각했다. 매일 밤, 잠자리에 들기 전 샤워 가운을 걸치고 와인을 마시며 도시의 야경을 감상할 줄 알았다. 주말엔 미술관에 가거나 조깅을 하며 평일의 피로함을 날려 보낸다. 아아, 그것이야말로 우아하면서도 고독한 30대가 아니겠는가. 물론 발가락 끝, 머리카락 한 올까지 한 점도 흐트러지지 않은 채 완벽하게 나를 가꾼 채로 말이다.

현실은 집에서 가장 헐렁한 티셔츠를 입고 머리를 질끈 묶은 채 침대에 누워 TV 프로그램 〈나 혼자 산다〉를 낄낄거리며 보고 있다. 여기에 햇반과 스팸은 최고의 조합! 아이스크림이나 과자를 먹다 잠드는 게 습관이 됐다. 주말에 일찍 일어나 맥모닝을 시켜 먹는 건 일주일 중 최고의 낙이고. 그러다 갑자기 초인종 소리가 울리면 흠칫 놀라 집에 없는 척한다. 심지어 전화벨이 울리는 것에도 스트레스를 받는다. 고요한 평화가 와장창 깨지는 기분이 들기 때문이다.

매니큐어가 조금만 까지기라도 하면 네일숍으로 달려가는 30대가 될 줄 알았는데, 민낯으로도 회사에 버젓이 출근하는 사람이 됐다. 하이힐을 신지 않으면 밖에 한 발짝도 나가지 않던 20대를 지나 운동화를 즐겨 신는 30대가 됐다. 20대의 나는 늘 하이힐 높이만큼 키가 컸으면 좋겠다고 생각했다. 8cm나 되는 힐 높이가 내 키인 양 착각하고 살았다. 앞머리가 조금만 갈라져도 신경이 쓰여 어쩔 줄 몰랐지만 사람들이 남의 앞머리에 그다지 관심이 없다는 걸 이제는 안다.

한강이 내려다보이는 집은 여전히 없지만 30대의 나는 생각보다 더 근사하다. 비로소 있는 그대로의 나를 사랑하게 된 내가 여기에 있다.

기댈
곳이
필요해

마법의 공간, 코타츠

따지고 보면 내가 집순이가 된 건 코타츠가 생긴 이후부터다. 〈노다메 칸타빌레〉나 〈짱구는 못말려〉를 보다 보면 코타츠는 항상 마법의 탁자처럼 등장하고, 등장인물은 좀처럼 코타츠를 벗어나지 못한다. 하반신은 코타츠 이불 안에 둔 채로 귤을 까먹거나 만화책을 보고 스키야키すき焼き(쇠고기와 파 등 여러 가지 재료를 간장으로 맛을 내어 먹는 냄비 음식)를 해먹으면서 요리조리 자세만 바꾼다. 그러다 잠이 들기도 한다.

생일 선물로 받은 코타츠는 드라마에서 보던 것처럼 마법의 탁자였다. 상판 아래 스위치를 켜면 뜨거운 바람이 히터처럼 나오는 구조다. 탁자 위에는 커다란 이불이 덮여 있어 뜨거운 공기를 아래에 가둔다. 코타츠 이불 안에 다리를 집어넣고 있으면 발부터 서서히 데워지고, 온몸이 따뜻해진다. 그러면 온기에 몸이 나른해지면서 도저히 코타츠를 벗어날 수 없게 된다. 먹을거리부터 시작해 코타츠 주위의 손닿는 곳에 물건을 가져다 두기 시작하면 주변은 금세 어질러진다. 코타츠를 처음 켠 일주일은 정말 폐인 같이 지냈다.

그런데 신기하게도 며칠 동안 뒹굴뒹굴 코타츠에서 시간을 보내면 에너지가 차오르는 기분이 든다. 잠을 많이 자거나 쉰 뒤에 느끼는 것과는 다른 종류의 것이다. 그러고 보니 코타츠 이전에는 집 안에서 나를 돌볼 공간이 없었다. 코타츠가 생기기 전 나에게 집은 밖에 나가기 전 잠을 자는 곳, 이상도 이하도 아니었다.

그럴 수밖에 없었던 게 처음 대학에 다닐 땐 고시원의 한 평 남짓한 공간이 나에게 허락된 전부였다. 그래서 나는 대부분 밖에 나가 놀고 고시원에 돌아오면 밤늦게까지 TV를 봤다. 대학교 3학년 때쯤에는 동생이랑 같이 살게 되면서 원룸으로 이사를 갔다.

크기는 꽤 컸지만 그곳에서도 나를 위한 공간은 가질 수 없었다. 동생이 밤늦게까지 시험공부를 할 때면 환한 불빛 아래서 잠을 자야 했다. 집 크기와 상관없이 아기자기하게 꾸미고 다듬는 사람들도 많지만 나는 오랫동안 집에 애정을 주는 법을 몰랐다. 거실도 있고 방이 3개나 있는 집에 이사를 오고 나서도 오래도록 커튼 하나 달지 않고 살고 있다.

그랬던 내게 코타츠는 집 안에서 처음으로 애정을 갖게 된 공간이었다. 드디어 '자기만의 방'이 생겼다고나 할까. 코타츠가 생긴 이후에 그곳에서 책도 읽고 영화도 보면서 처음으로 글을 쓰고 싶다고 생각했다. 그 후로 오랫동안 퇴근하고 나면 코타츠로 출근해 새로운 마음으로 글을 써 내려가고 있다.

> 우리는 벽난로 앞에 앉아 하루를 보내면서 받은 상처를
> 치료할 수 있었지요.
>
> -《자기만의 방》, 버지니아 울프, 이소연 역, 펭귄클래식코리아, (2010)

버지니아 울프가 《자기만의 방》에서 말한 것처럼 누구에게나

마음을 보듬고 생각을 다듬을 벽난로가 필요하다. 나에겐 그것이 코타츠다. 현대인들이 거실에 앉아 TV를 보는 건 문명이 발달하기 전에 모닥불 주위에 둘러앉아 각자의 할 일을 하던 과거 인류의 그것과 같다고 한다. 몇 번의 진화를 거듭해도 여전히 인간에게는 불을 쬘 곳이 필요한 것이다.

4장

걱정 따위 버리고
찬란한 오늘을
살아가기

제
앞머리
이상하죠?

나를 있는 그대로 인정하기까지

"제 앞머리 이상하죠?"

처음 만나는 사람에게 하는 말치고는 이상하지만 나의 인사는 오랫동안 그랬다. 중요한 약속이 있거나 잘 보이고 싶은 사람을 만날 때 각자 힘주는 것들이 있을 텐데 나에겐 그것이 바로 앞머리와 아이라인이었다. 고등학교 2학년 때 앞머리를 자른 이후로 뱅헤어에 긴 머리를 고수했는데, 앞머리가 넓은 이마를 가려줘 얼굴이 작아 보인다는 것이 그 이유였다. 머리를 말리고 나면 그루프(헤어롤)를 활용해 앞머리에 자연스러운 볼륨을 주고 이마 언저리에 가지런히 정리하는 데 특히 신경 썼다. 그러고 나서 진한 아이라인을 그렸다. 언더라인을 꼼꼼히 그리는 것도 빼놓지 않았다.

이게 끝이 아니었다. 현관에는 외출 전 장착해야 할 마지막 무기가 기다리고 있었다. 8~10cm 정도 되는 힐을 신고 나면 그제야 좀 그럴듯해 보였다. 어쩌다 운동화를 신고 나온 날이나 아이라인을 그리지 않은 날에는 이런저런 핑계를 대며 아무도 만나지 않을 정도로 앞머리, 아이라인, 하이힐에 집착했다.

평소에 가지런하게 정리가 잘 되던 앞머리는 왜 항상 중요한 약속이 있을 때 엉망이 되는 걸까? 과하게 볼륨이 들어가 어색한 날도 있었고 앞머리 길이가 들쭉날쭉해질 때도 있었다. 머리카락 사이가 벌어져 꼭 쥐가 파먹은 것처럼 되기도 했다. 나는 늘 상대방의 시선이 망친 앞머리로 향해 있는 것 같아 초조했다. "하핫, 앞머리 이상하죠?" 그때는 미처 몰랐다. 사람들은 내 앞머리 따위에 아무런 관심이 없다는 것을.

나는 오래도록 하이힐 높이와 길게 뺀 아이라인까지가 '나, 자신'이라고 생각했다. 앞머리와 진한 아이라인, 높은 구두로 서툰 모습을 감추려고 했다. 내가 생각하는 최소한의 보호 장치였다. 부족하면 부족한 대로 있는 그대로를 인정하는 대신 타인의 시선으로 나를 보려 했다. 스스로에 대한 기준을 남에게 맞추며 살다 보니 이리저리 휘둘렸다.

20대 내내 그토록 가리려 애쓰던 이마는 막상 앞머리가 없어도 보기 흉하지 않았고 아이라인을 진하게 그리지 않아도 내 눈은 있는 그대로 괜찮았다. 굽 높은 힐을 신으면 확실히 비율이 좋아 보이긴 하지만 그보단 내가 가고 싶은 곳을 원하는 속도로 걷는 게 훨씬 좋다.

얼마 전에는 이상해 보일 거라는 이유로 대학 신입생 시절 이후로 한 번도 하지 않았던 웨이브 파마를 했다. 얼굴이 통통해 보일까봐, 누군가가 안 어울린다고 할까봐 줄곧 생머리를 고수한 지 거의 10년 만의 결심이다. 수십 번 망설이고 고민하다 드디어 했는데 막상 아무 일도 일어나지 않았다. 사람들은 타인에게 생각보다 큰 관심이 없다는 가설도 다시 한 번 입증됐다. 내가 먼저 말하기 전에 헤어스타일이 바뀐 지조차 눈치 채지 못한 지인들도 있었기 때문이다. 조금 허탈한 기분과 함께, 이제야 비로소 남들의 시선으로부터 완벽하게 자유로워진 기분을 느끼며 나는 오랜만에 후련해졌다.

타인의 기대에 맞추려 하지 않고 오로지 나의 시선으로 스스로를 바라보기. 애써 잘나 보일 필요 없이 있는 그대로의 나를 인정하기까지 수많은 가면을 써야 했다. 모든 허울을 벗어 던지고 있는 그대로의 나를 응시하기까지 오랜 시간이 걸렸다.

모르는 것도 아는 듯이 고개를 끄덕이고 안 해본 것도 해 본 척 대충 웃음 짓던 나는 더 이상 없다. 나는 이제 '잘 모르겠다', '잘 못한다', '싫어한다', '무서워한다'라는 말을 잘할 수 있는 사람이 됐다. '실은 전화 공포증이 있어요'라거나 '저 유럽은 한 번도 안 가봤는데요', '30대가 되어도 괜찮지 않은데요?' 같은 이야기들을 부끄러워하지 않고 할 수 있다는 건 스스로를 있는 그대로 존중하는 단단한 마음이 있어야만 가능하다는 것을 이제는 안다.

프로
흔밥러가
되었습니다

남의 눈치 그만 보고 내 마음 들여다보기

대학 입학과 동시에 서울로 상경한 나는 지은 지 얼마 안 된 여성 전용 고시원에 살게 됐다. 그렇게 몇 년 간 살게 된 내가 입실한 302호는 작지만 깔끔하며 볕도 잘 들고 여름엔 적절한 온도로 에어컨이 잘 나왔다.

당시 고등학생이었던 여동생이 서울에 놀러 와 며칠 고시원에서 자고 간 적이 있는데, 여름날 이불 덮고 누워 있어도 쾌적한 공기에 반한 동생은 그 일을 계기로 공부를 열심히 하기 시작했다.

그렇게 동생이 1년 만에 성적을 끌어올려 대입시험 결과 '인 서울'에 성공한 그때를 가끔 돌이키며 아직도 둘이 깔깔대곤 한다. 그때의 쾌적함이야말로 난생처음 맛본 자유의 공기가 아니었나 싶다.

고시원 지하 1층에는 공용으로 이용하는 주방이 있었다. 밥솥에는 늘 밥이 있고, 식탁 위에는 김치 볶음 같은 반찬도 있어 먹고 싶을 때는 언제든 먹을 수 있었다. 커다란 냉장고도 있어 고시원 사람들은 식재료나 반찬을 그곳에 놓아두고 이런저런 요리를 해먹곤 했다. 누군가는 파나 양파를 썰어 거창한 요리를 해 먹기도 하고 누군가는 고등어를 굽기도 했다. 각자 자기가 가져온 반찬들을 꺼내 같이 나누어 먹는 사람들도 있었다.

나는 그곳에서 아주 간단한 요리는커녕 밥그릇만 가지고 내려가 얼른 밥과 김치 볶음을 담은 다음, 행여나 누군가와 마주칠까 후다닥 방으로 올라오곤 했다. 그러고 나서 내 방에 있는 작은 냉장고에서 엄마가 보내주신 반찬을 꺼내 먹었다.

친구들과 우르르 몰려가 급식을 먹던 고등학생 때와 달리 대학생이 되고 나서는 혼자 밥을 먹어야 하는 때가 종종 생기곤 했다. 그리고 혼자 밥을 먹어야 한다는 것은 당시의 내겐 상당한 용기가 필요한 일이었다. 굳게 다짐하고 학생 식당에 혼밥을 하러 갔다가 쭈뼛거리며 다시 나온 적도 몇 번 있었다. 학교 근처에 맛있고 저렴한 밥집이 많았지만 혼자 식당에 가서 밥을 먹는다는 건 큰일로만 여겨졌다. 그만큼 혼자 밥을 먹는다는 것 자체가 내겐 상당히 어색하고 자연스럽지 않은 일이었다.

남들의 시선도 신경 쓰였다. 혹시 친구가 없어 보이진 않을지, 학교에 적응을 못 하는 사람으로 보이진 않을지, 그냥 이상해 보이진 않을지 걱정됐다. 고등학교 졸업할 때까지 줄곧 무리 지어 생활하는 데 익숙해서 더 그랬겠지만 고시원 주방에서 여유롭게 이런저런 요리를 하던 언니들, 학생 식당에서 책을 보며 혼자서도 밥을 잘 먹는 언니들이 그렇게도 어른 같아 보일 수가 없었다.

게다가 나는 혼자 있는 것도 잘 못했다. 늘 몇 주치 약속을 미리 잡았고, 가끔 약속이 없어 학교 수업을 마치고 바로 집에 오게 될 때나 주말에 하루 종일 집에 있을 때면 세상에서 가장 불행한 사람이 된 것만 같은 우울함에 휩싸였다.

　항상 바쁘게 살며 잘 지내고 있다고 자부했지만 정작 나 스스로와 잘 지내는 법은 몰랐다. 상대방의 기분을 먼저 생각하느라 원하지 않은 상황에 끌려 다녔던 적도 많고, 여러 사람들의 고민 해결사를 자처했지만 정작 내 속에 있는 깊은 고민은 말하지 못할 때도 많았다. 잘 웃고 바쁘게 지내는 나를 보며 '너는 걱정이 없어서 좋겠다'고 말하는 사람들의 기대를 저버리기 싫어 일부러 고민을 말하지 않을 때도 많았다. 내 마음이 하는 말에 귀 기울이지 않은 채 '완벽한 나'로 보이고 싶었던 것 같다. 나는 대체 누굴 위한 연기를 하고 있었던 걸까? 30대가 되면서 밖으로만 향해 있던 관심을 반대로 돌려 나를 들여다보자 내 마음은 여기저기 어루만져 줘야 할 곳투성이였다.

　20대의 나와 비교해 지금 크게 달라진 점은 나와 함께하는 시간(혼자 있는 시간)이 많아졌다는 것이다. 한 번도 괜찮은지 묻지 않았던 몸과 마음에게 말을 건네기 시작했고, 글을 쓰면서는 회피하고 싶었던 기억과도 마주하고 있다. 자신의 어두운 내면을 바라본다는 것은 불편한 일이어서 도망치고 싶을 때도 있지만 때로는 고통스러운 마음을 안고 한 줄 한 줄 써 내려가며 '그것'을 응시하기도 한다. 이 과정을 통해 조금씩 단단한 사람이 되면서 나의 혼밥 레벨도 점점 올라가는 중이다. 어디서 무얼 먹든 남의 눈치를 보지 않는 대신 내가 먹고 싶은 게 무엇인지, 맛은 어떤지 오로지 내 마음에만 주의를 기울인다.

혼밥 레벨 최상에 속한다는 '혼자서 고기 구워 먹기'도 아무런 거리낌 없이 할 수 있게 된 지금, 학생 식당 입구에서 되돌아 나오던 그때의 내가 가끔 생각이 난다. 남의 시선에만 신경 썼던 20대. 이미 유명해져 버린 책 제목처럼 '지금 알고 있는 걸 그때도 알았더라면' 나의 20대는 조금 다르게 흘러갔을까. 혼자 순두부찌개를 먹으며 가만히 생각해본다.

걷는 자는
어디든
도착한다

마음이 만들어낸 환영에 불안할 때

더 자유로운 삶을 위해 퇴근 후 영어 공부를 선택했다. 저녁 8시에 시작해 10시에 끝나는 수업을 듣고 집에 돌아오면 11시가 조금 넘는다. 출근하기 위해 아침 7시에 일어난 이후 밤 11시가 되어야 집에 돌아오다니. 무려 16시간이 지나서야 겨우 몸을 누일 수 있는 것이다.

초반에는 퇴근하고 영어 수업을 듣는다는 것 자체가 쉬운 일이 아니었다. 밀려오는 피곤함에 하루에도 여러 번 '갈까 말까'를 고민했다. 다니는 내내 '그만둘까 말까'를 고민한 적도 셀 수 없을 정도다. 그런데 6개월쯤 지나니 영어 공부가 습관이 되기 시작해 이제는 퇴근 후 학원에 가는 게 저녁 시간의 루틴이 되었다. '영어'라는 언어에 재미가 붙어 '오늘은 뭘 배우게 될지' 기대되는 날도 늘었다. 9개월 차에 접어든 지금은 오히려 수업을 빠지면 찜찜한 경지에 이르렀다.

그러다가도 어느 날은 걷잡을 수 없이 부정적인 생각에 매몰되어 내가 나에게 쏟아내는 말들에 다리의 힘이 훅, 풀릴 때도 있다. '대체 언제까지 퇴근 후에 공부를 해야 하는 걸까?', '이렇게 공부해서 뭐가 달라지긴 할까?', '영어 공부 안 하고도 행복하게 사는 사람 많은데 왜 굳이 사서 고생인 걸까?'

장애물을 휙휙 넘으며 달리다 갑자기 걷는 것조차 힘겹게 느껴질 때가 있다. 잘 걷다가도 '내가 지금 이 길을 왜 걸어가고 있지?' 하는 근원적인 문제에 골몰하느라 걷는 것을 잊어버리기도 한다. 앞으로 푹 꺾이는 느낌도 든다. 도망쳐야 하는 순간에 반복해서

넘어지는 무서운 꿈처럼 자꾸만 다리가 풀려 고꾸라지고 만다.

꿈을 향해 나아가는 길목에는 반드시 극복해야 할 장애물이 있다. 사회도, 부모도, 학교도 아닌 '나'의 진정한 욕망과 대면하고 꿈을 찾기 시작하면서 이를 이루기 위해선 반드시 깨부수어야 할 거대한 벽이 있다는 걸 깨달았다.

대학 시절부터 지금까지 늘 부족한 영어 실력 때문에 뭘 하든 발목 잡히는 느낌을 수없이 느꼈지만 그 산을 넘기 위한 노력을 해볼 엄두가 안나 애써 외면하길 반복했다. 꿈을 향한 여정을 시작하지 않았다면 지금도 적당히 눈을 감고 살아가겠지만 진정한 꿈을 찾아 더 넓은 무대로 나아가기로 결심한 이상, 영어 공부는 더 이상 선택의 영역이 아님을 이제는 안다.

걷는 자는 결국 어디든 도착한다. 천천히 가도 괜찮으니 나만의 속도로 나아가자. 뒤처지는 느낌, 낭떠러지로 떨어지는 일이 있어 가끔 번뇌가 온몸과 마음을 지배할 때 심호흡을 하고 되뇌어보자. '내 마음이 만들어낸 환영에 지지 말자'라고.

크리스마스
판타지

비록 산타 할아버지를 만나지 못하더라도

어린 시절 일 년 중 가장 큰 이벤트는 크리스마스 날 산타 할아버지를 기다리는 일이었다. 동생과 함께 아빠의 카메라를 이불 속에 숨겨 놓고 산타 할아버지가 나타나면 같이 사진을 찍기로 다짐했지만 잠을 안 자면 산타 할아버지가 오지 않는다는 엄마의 말에 매번 자는 척하다 진짜 잠들어버리곤 했다. 그래서 크리스마스 계획은 한 번도 성공한 적이 없다. 비록 굴뚝을 타고 내려온다는 산타 할아버지의 모습은 한 번도 포착하지 못했지만 이후로도 매년 크리스마스이브가 되면 이번에는 기필코 산타 할아버지를 보고야 말겠다는 굳은 의지를 다지곤 했다.

크리스마스를 좋아하는 어린아이가 산타 할아버지의 등장만 기다렸겠는가. 산타 할아버지를 만날 순 없었지만 12월 25일 아침에는 늘 머리맡에 선물이 있었다. 일찍 눈이 떠지던 그날의 기분은 지금도 잊을 수 없다. 눈을 뜨자마자 자동으로 머리 위로 손을 뻗어 선물을 확인하던 설렘도 생생하다. 〈나 홀로 집에〉나 〈해리포터〉 시리즈를 볼 때 느껴지는 두근거림과 가장 비슷하다고나 할까?

중·고등학생 때는 대학에 가면 크리스마스에 무조건 신나는 일이 생길 줄 알았다. 대학생 때는 집에서 피자를 먹으면서 대학을 졸업하고 진짜 어른이 되면 마법 같은 하루가 펼쳐질 거라 믿었다. 현재보다 더 나은 '멋진' 세계가 더 있을 거라 믿었다. 그렇게 나는 어른이 된 이후에도 줄곧 '크리스마스 증후군'에 시달렸다.

그런데 막상 크리스마스가 되면 평소보다 살짝 기분이 가라앉는다. '크리스마스에 뭐하지' 잔뜩 설렌 마음으로 친구들과 약속을 잡지만 정작 맞닥뜨린 현실은 평소보다 더 비싼 가격으로 바뀌어 있는 메뉴판, 사람들로 북적이는 거리뿐이라 헛헛하기도 하다.

더 참을 수 없는 건 마법 같은 일이 펼쳐질 것만 같은 특별한 날을 꿈꾸지만 현실은 어제와 다름없는 그냥 똑같은 '오늘'이라는 것이다. 그래서인지 평소보다 더 근사한 곳에서 맛있는 음식을 먹어도 그만큼 즐겁지 않다. 이제 기대할 산타 할아버지의 선물도 없고.

지난 겨울날, 출근길 지하철에서 문득 캐럴이 듣고 싶어졌다. 크리스마스 시즌도 아닌데 캐럴이 듣고 싶은 의식의 흐름에 살짝 당황했지만 유튜브를 뒤적거려 '뉴욕에서 흘러나오는 크리스마스 재즈 테마'를 재생했다. 순간 한 번도 그래 본 적은 없지만 마치 뉴욕에서 크리스마스를 보내본 것 같은 착각이 들 정도로 황홀한 기분에 휩싸였다. 캐럴이 선사하는 신비로운 공기가 좋아 그해 크리스마스가 될 때까지 거의 두 달 내내 캐럴을 들었다. 신기하게도 막상 크리스마스가 되자 예년의 우울했던 기분이 전혀 들지 않았다. 두 달 동안 실컷 크리스마스 분위기를 내서인지 오히려 무덤덤하기까지 했다.

　그 동안 내가 품었던 크리스마스 판타지는 말 그대로 판타지, 절대 손에 잡히지 않는 신기루 또는 허상이었던 것 같다. 크리스마스를 맞이하는 법을 이제는 알기 때문이다. 서른의 크리스마스는 스물아홉의 그것보다 더 평안하고 행복했다. 크리스마스를 기다리며 허황된 기대를 품다 실망하는 대신 미리미리 크리스마스 분위기를 내며 즐긴다. 나만의 의식을 만드는 것이다. 한 달 전부터 캐럴을 듣고 서점에 가 마음에 드는 크리스마스 카드를 산다. 크리스마스 아침에는 슈톨렌stollen(독일에서 크리스마스 시즌에 즐겨 만들어 먹는 과일 케이크)을 살 줄 아는 사람이 됐다.

　현실을 즐기는 대신 언젠가 드라마가 펼쳐질 거라 믿어온 나만의 종교는 이제 없다. 인생은 판타지가 아니고 꿈꾸던 드라마도 없다는 걸 받아들이기로 한다. 크게 기대도 실망도 하지 말고 그저 지금 내가 할 수 있는 일을 할 것. 서른 번이 넘는 크리스마스를 보내고 나서야 알게 된 인생의 팁이다.

타인에게
위로받는
법

지옥철에서 사이버 탑골 공원을 산책하다

유튜브에 〈인기가요〉 라이브 채널이 개설된 후로, 심심하고 할일 없을 때 갈 곳이 하나 더 생겼다. 처음에는 시큰둥했지만 퇴근길 지옥철에서 채널을 우연히 클릭했다 며칠 동안 헤어 나올 수없는 늪에 빠진 기분이었다.

다시 보니 이 세상 미모가 아니었던 클릭비, 도저히 흉내 낼 수없는 하이텐션의 김민희, 그때는 최첨단의 산물로 보였던 인기가요 사이버 마스코트 룰루와 랄라, 시대를 앞서갔던 사이버 전사

이정현, 그리고 그 당시에는 몰랐지만 다시 보니 가사와 멜로디가 너무도 좋은 수많은 노래들. 이곳은 90년대 인기가요를 보고 자란, 나와 연배가 비슷한 이들에게 '사이버 탑골 공원'이라 불리며 놀이터가 되었다.

90년대 사랑 노래는 왜 그리도 아프고 절절한지. 헤어지면 죽음만이 기다리고 있을 것처럼 이별을 목 놓아 부르던 그때의 노래를 들으며 아련한 생각에 잠겼다. 사랑도 이별도 해본 적이 없어 노랫말을 미처 이해하지 못한 시절, 나는 대체 어떤 감정으로 이 노래들을 즐겨 불렀던 걸까? 정작 이별 노래를 이해하게 된 지금은 더 이상 노래방에서 노래를 부르지 않는다.

나는 그렇게 오랫동안 사이버 탑골 공원에서 빠져나올 수 없었다. 출근길에 인기가요를 보면 에너지가 솟아나고, 퇴근길에 들으면 90년대 어디 즈음으로 순간 이동이라도 한 듯 지금 지옥철에 있다는 걸 까맣게 잊을 수 있었다. 설거지를 할 때나 빨래를 널때 채널을 켜 놓으면 귀찮게 느껴지는 집안일도 흥얼거리며 할수 있고.

어른이 되어서 다시 보는 〈인기가요〉는 피로하고 지난한 현실을 잠시 잊게 해주는 환각제 같은 것이기도 했다. 그곳이 어디든, 인기가요가 흘러나오던 당시 일요일 오후 5시의 거실로 돌아간 것만 같았다.

무엇보다 이 라이브 스트리밍을 끌 수 없었던 이유는 실시간으로 업데이트되는 대화창 때문이었다. 〈2020년 우주의 원더키디(대한민국의 애니메이션으로 서기 2020년의 미래와 우주를 배경으로 한 공상과학만화)〉의 해에 세기말 가요를 함께 듣고 추억하는 수많은 이들. 서로 다른 공간에 있지만 비슷한 감정을 교류하는 익명의 사람들의 이야기에 웃고 공감하다 보니 무표정한 타인투성이인 지하철 안이 조금은 정겹게 느껴졌다. 이 중 몇 명은 사이버 세상에서 나와 감정을 교류하고 있을지도 모른다는 생각을 하니 조금은 덜 외로워졌다.

어쩌면 같은 시대를 공유한 이들과 함께 살아가고 있다는 사실 하나만으로도 삶에 든든한 위안이 되는 건 아닐까? 동시대를 함께 걸어온 이들끼리만 이해할 수 있는 언어를 갖고 있는 한, 인생은 결코 외롭지 않다. 가끔씩 세상에 홀로 서 있는 기분이 들어 막막하고 두렵게 느껴질 때면 나와 동시대를 살아내고 있는 익명의 사람들을 떠올려 보자. 세상에 홀로 남겨져 지구 위에 우뚝 서 있는 게 힘겹게 느껴지던 어느 날, 〈인기가요〉 스트리밍에 쏟아지는 '우리들만의 언어'들을 바라보며 나는 더 이상 혼자가 아니라고 생각했다.

사주대로
인생이
결정된다면

겪어보지 않고는 알 수 없는 삶의 비밀

매년 새해가 되면 친구들과 사주 카페에 가고 연말에는 타로를 보러 갔다. 사주와 타로를 맹신하는 것은 아니지만 앞날을 알 수 있다는 게 흥미롭고 신기했다.

모두 같은 목표를 향해 앞으로 나아가는 시절을 보내고 나니 이젠 내가 하고 싶은 것을 스스로 정해 무엇이든 할 수 있다는 걸 알게 되었다. 구체적으로 무엇을, 어떻게 해야 하는지는 알 수 없었지만 앞으로 펼쳐질 미래를 생각하면 언제나 환한 빛이 그려졌다. 엄청나게 밝고 찬란한 순간들만이 내 앞에 놓여 있는 것 같았다.

희망만 가득하던 그때, 미래에 어떤 일이 펼쳐질지 점쳐보는 건 그 자체로 흥미로운 일이었다. 일부러 나쁜 이야기는 거르고 좋은 이야기만 해준 건지는 모르겠지만 다행히 사주 카페에서는 하고 싶은 대로 하고 살아도 잘 산다는, 전반적으로 좋은 이야기들을 해줬다. 하지만 그중에서도 마음에 오래 남아 있는 말이 있다.

"글 쓰는 일은 하면 안 돼요."

한때 소설가를 꿈꾼 적도 있었지만 소설이나 시 창작 수업을 들으며 일찌감치 내게는 재능이 없다는 걸 깨닫고 읽는 것에 만족하는 독자로 살기로 마음먹었다. 소설가나 시인이 되지 않더라도 글을 쓸 수 있는 일은 생각보다 많았다. 카페 아르바이트 대신 〈9시 뉴스〉 모니터링 아르바이트를 하며 매일 A4 한 장 분량의 뉴스 리뷰를 썼고, 학보사 기자를 하며 수많은 기사를 쓰곤 했다. 무언가를 쓰는 게 좋았고 쓰는 일로 돈을 버는 것도 좋았다. 그리고 결국 매일매일 뭔가를 쓰는 일을 하게 됐다.

중간 중간 아예 다른 일이 하고 싶어진 적도 있었고 실행에 옮겨본 적도 있지만 이상하게도 나는 자꾸만 이 길로 되돌아왔다. 무언가를 쓰지 않는 일을 하다 보면 어쩐지 내가 아닌 것 같은 기분이 들었다. 글을 써서 뭘 어떻게 해보자는 작정도 아니었고 특별한 야망이 있었던 것도 아니다. 그저 좋아하는 것을 성실히 하다 보니 막연한 꿈에 불과했던 내 이름으로 된 책을 출간하는 일도 일어나게 된 것이다. 그런데 글 쓰는 일을 하지 말라니.

어쩌면 먼 훗날 많은 세월이 흐른 뒤 지금을 돌아보며 '역시 다른 것을 할 걸 그랬어'라며 쓴웃음을 지을지도 모른다. 모두에게 운명이 정해져 있고 정말 그것을 피할 수 없는지, 운명은 만들어가는 것인지는 아직도 잘 모르겠지만, 나도 사람인지라 힘이 들 때면 문득 '이 길이 아닌가?'하며 현실을 부정하기도 한다.

하지만 시간이 지나며 한 가지 확실해진 게 있다면 지금 내가 보내는 현재가 미래를 만들어간다는 것이다. 지금 무엇을 하며 시간을 보내는지 살펴보면 앞으로 어떤 일이 생길지 대충이나마 알 수 있다.

매일 퇴근길에 몇 자씩이라도 글을 쓰던 나는 작가가 되었고, 매일 적게 먹고 운동을 열심히 하다 보면 언젠가 원하는 몸매를 가질 수 있을 것이다(하지만 이건 좀처럼 잘 되지 않는다). 자신의 현재를 찬찬히 들여다보면 굳이 돈 내고 물어보지 않아도 미래를 점칠 수 있는 것이다.

'에이, 이게 뭐야' 할 정도로 지극히 평범한 인생의 진리들이지만 몸소 겪어보기 전에는 절대 알 수 없는 삶의 비밀들. 그 말이 무엇인지 이제야 비로소 알기에 나는 더 이상 사주 카페에 가지 않기로 했다.

난기류는
위험한 게
아니야

비행기 공포증이 있는 여행자

노트북 하나만 가지고 세계를 자유롭게 돌아다니며 살고 싶은 꿈이 있지만 사실 나는 비행기 공포증이 있다. 언제부터인지 기억이 나진 않지만 어느 순간부턴가 나는 비행기를 타면 추락에 대한 공포에 휩싸였다. 내가 할 수 있는 건 비행기를 타자마자 의식적으로 잠들려고 노력하는 일뿐이었다. '이륙하기 전에 어서 잠들어야지, 잠들어야지⋯⋯.' 머리만 대면 어디서든 잘 자는 편이지만 억지로 청하는 잠은 별 소용이 없고 단순히 눈을 감고 있는 것에 불과했다. 그러면 다른 감각이 더 예민해져 기체의 미세한 떨림까지 잘 느껴졌다. 요즘에는 비행기에 바로 타자마자 저장되어 있는 영화 채널을 빠르게 탐색해 영화에 몰입하려고 노력하는 편이다.

거리가 2시간 이내인 비행은 그나마 낫다. 가장 두려운 건 비행기 안에서 삼시 세끼를 다 먹어야 도착하는 곳을 갈 때다. 밤이 되면 발을 딛고 있는 얇은 철판 아래(물론 얇지는 않겠지만) 시커먼 바다가 존재한다는 사실이 나를 끔찍한 공포로 몰아간다. 다행히도 비행기를 타는 내내 이런 공포에 시달리는 건 아니다. 그랬다면 정말 심각한 상태로 절대 비행기를 탈 수 없었을 것이다. 기내식에 집중하거나 영화를 보거나 잠을 자거나 하다 보면 공포는 어느덧 잊히지만 평안한 상태가 계속되는 와중에 갑자기 안전벨트 표시등이 울린다든가 비행기가 심하게 흔들리는 것 같으면 다시 손발에서 땀이 난다.

지금까지 가장 멀리 가본 곳은 타히티. 의도한 건 아니지만 유럽 땅은 한 번도 못 밟아 봤다. 그나마 가본 뉴욕, 라스베이거스, 타히티도 출장으로 간 것이었으니 비행기에 대한 두려움이 내재

되어 있어 스스로 먼 곳까지 가고 싶은 생각이 들지 않은 것 같기도 하다.

여행만 하고 살아갈 것은 아니지만 크게 보면 여행자 같은 삶을 살고 싶은 내게 비행기 공포증은 미천한 영어 실력만큼이나 이겨내야 할 대상이다. 비행기 공포증이 있는 여행자라니. 예기치 못한 사고로 바다 위에 갑자기 비행기가 추락하게 된다면? 산 위에 불시착해 흔적도 없이 불에 탄다면? 기체가 심하게 흔들린다 싶으면 머릿속에 영화나 드라마, 뉴스에서 봤던 재난의 순간들이 그려진다. 그때마다 나는 눈을 질끈 감는다.

비행기 공포증은 나를 자주 움츠러들게 한다. 비행기를 타지 않을 때도, 새로운 꿈을 향해 과감하게 인생의 노선을 변경해야 할 때도 그간 내가 가진 것들을 다 잃을까봐 두려워 쉽게 결정하지 못한다. 포부는 원대하나 결단을 내려야 할 때 자꾸 망설이고 어딘가 과감하지 못한 구석이 있는 안정지향형의 인간. 안정을 중시하는 삶의 태도는 무조건 나쁘고, 과감해야 꼭 좋다는 건 아니다. 다만 지금 내가 하고 싶은 것과는 정확히 배치되는 모습이라 스스

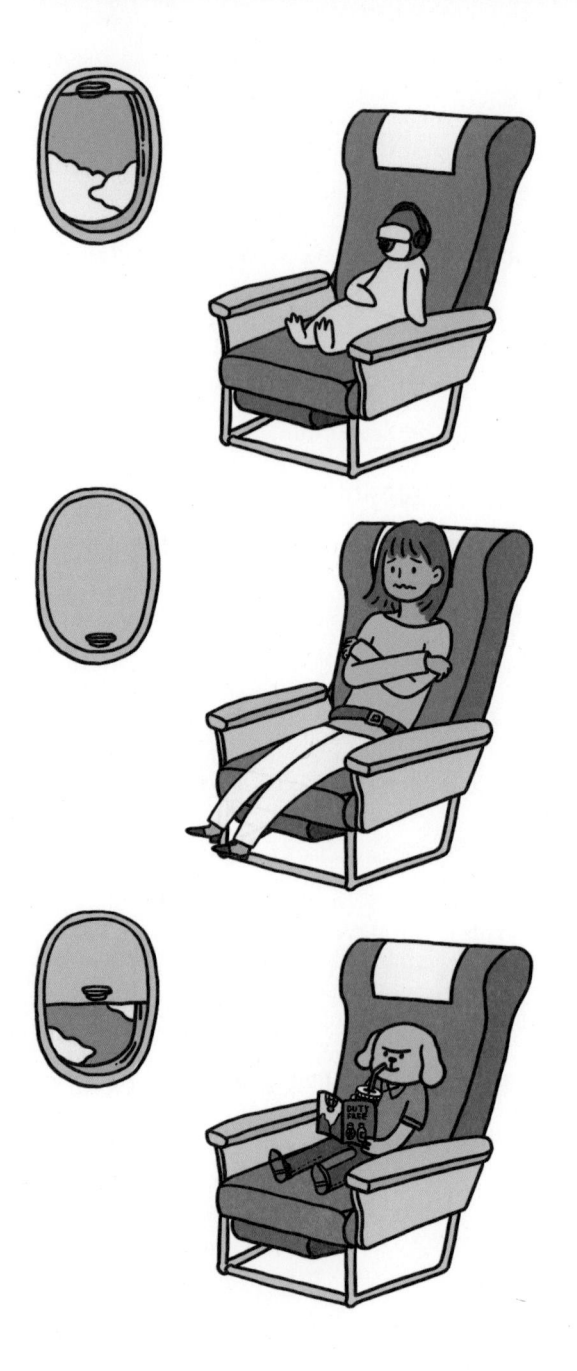

로에게 실망스럽고 답답한 마음이 든다.

반갑게도 비행기를 무서워하는 건 나뿐만이 아니었나 보다. 어느 날 메일함을 보다 영국 항공에서 실시하고 있는 '자신감 갖고 비행기 타기' 수업에 관한 보도자료를 보았다. 그중 가장 와 닿았던 항목이다. '난기류는 불편한 것이지 위험하지 않다는 것을 명심하라'는 대목. 나는 요즘 비행기에서 불안할 때마다 마음속으로 '난기류는 불편할 뿐이다. 위험하지 않다'를 반복해서 되뇌고 심호흡을 반복한다.

꿈을 향한 여정에서도 난기류를 가끔, 어쩌면 자주 만날지도 모른다. 그때마다 자주 불안하고 두려워 다 포기하고 싶을 때도 있을 것이다. 그렇지만 그때도 '자신감 갖고 비행기 타기'의 법칙을 기억하자. 난기류는 불편할 뿐 위험한 게 아니라는 것을. 비행기가 흔들릴 때마다 산 위에 불시착한 비행기라든지 바다 위에 갑자기 내린 비행기를 떠올리는 건 내 마음이 만들어 낸 환상일 뿐, 현실을 객관적으로 바라보면 기류의 변화로 비행기가 잠시 흔들리는 것뿐이다. 지금 이 순간에 집중하면서 그저 내가 할 일을 하면 그뿐, 미래가 어떻게 흘러가든 그것은 미래에 맡겨두면 되는 것이다. 불안하고 두려워 아예 도전조차 하지 않는다면 난기류도 못 만나겠지. 무섭고 두렵더라도 일단 비행기를 타야 하는 이유다.

한 해를
마무리하는
30대의 자세

하루가 모여 빛나는 일 년이 된다

한 해의 끝에 달콤한 휴식이 주어졌다. 바쁜 와중에도 틈틈이 잘 쪼개어 썼다고 생각했는데 연차가 6일이나 남아 있었던 것이다. 12월 23일부터 2020년 1월 1일 사이에 남은 연차를 쓰니 딱 맞았다. 2019년 12월 20일 금요일을 마지막 출근으로 해가 바뀔 때까지 쭉 쉴 수 있게 된 것이다. 연말이 다가올수록 심신이 가속도로 지쳐 퇴근하면 눕기 바쁘고 눈 뜨면 허겁지겁 출근하기 바빠 모든 게 다 엉망인 기분이었는데 잠시 숨을 고를 수 있는 여유가 생겨 다행이라는 생각이 들었다.

주말까지 합해 장장 12일간의 휴식. 페이스북에서 주기적으로 소환해주는 '과거의 오늘'을 보니 매해 연말엔 참 다양한 것들을 하며 보냈더랬다. 친구들과 상해의 루프톱 바에서 연말 분위기를 내기도 했고 한 해의 마지막 날 홍콩에서 불꽃축제를 보며 소원을 빌기도 했다. 20대의 대부분은 홍대에서 친구들과 1월 1일이 될 때까지 밤새 놀며 새해를 맞았다. 술과 불꽃놀이와 떠들썩한 분위기. 연말은 대개 그런 흥겨운 것들로 가득했다.

직장인에게는 흔치 않은 기회라 멀리 떠나볼까 생각했지만 아무리 생각해도 특별히 가고 싶은 곳이 떠오르지 않았다. 무엇보다 떠나고 싶은 마음 자체가 들지 않고 마땅히 하고 싶은 것도 없었다. 지금 이 순간 내 머릿속에 떠오른 건 특별한 것들이 아니었다. 더운 나라에 다녀오느라 뒤섞여버린 여름 옷과 겨울 옷을 정리해야 하는데, 더 이상 쓰지 않는 물건 좀 버리고 싶은데, 읽다 말다 한 책들을 완독해야 하는데, 밀린 원고를 써야 하는데 같은 것이었다. 루틴에서 벗어나 짜릿한 휴식을 만끽하는 것이 아닌 느릿한

숨으로 일상을 재정비하는 것처럼 특별하다기보다 소소하고 일상적인 것들이었다.

매일매일 해내야 하는 일들을 처리하다 지쳐서 미루고 미룬 수많은 일들. 겨울의 한가운데를 지나고 있지만 아직 여름 옷을 정리하지 못한 나는 오늘 당장 입을 옷을 고르기에도 아침 시간이 부족해 늘 허둥대기만 했다.

분명 읽고 싶어서 산 책이고 막상 읽으면 재미있지만 몇 장 읽다 잠이 들곤 하는 바람에 다시 읽으려고 펼치면 앞의 내용이 기억나지 않아 처음부터 읽기를 반복한 책도 있다(앞장만 까맣게 손때가 탄《수학의 정석》이 오버랩된다). 11월까지는 초고를 완성해야겠다고 생각했지만 연말이 다가올수록 책상에 진득하게 앉아 있을 새가 없고 글도 잘 풀리지 않아 마치지 못한 원고는 숙제 같은 기분으로 마음 한 구석에 남아 있다.

주위를 둘러보니 잘 사용하지 않지만 발에 차이는 물건처럼 미뤄둔 일들이 곳곳에서 웅크리고 있었다. 그러고 보니 한 해의 끝에 다다를수록 정신이 없었던 건 단순히 기분 탓이 아니라 '나중에 해야지'하고 묵혀 두었던 일상의 일이 쌓이고 쌓였기 때문일 것이다. 그제야 나는 내가 무엇을 해야 할지 알 수 있었다.

크리스마스이브 저녁에 구운 고기를 먹고 다음 날 아침 노트북과 책을 챙겨 고향으로 가는 기차를 탔고 연말에 나무늘보 모드로 한 일들은 다음과 같다.

- 필요해서 구독했지만 막상 결제하고 나서 한 번도 사용하지 않은 애플리케이션 구독을 해지했다. 은근히 귀찮아서 미루고 미루다 보면 다음 달 결제가 자동으로 되는 불상사가 일어난다.

- 코타츠가 고장 나 버려 시무룩했지만 어디서 어떻게 고쳐야 하는지 몰라 방치해 두다 드디어 고객센터에 문의했다. 아직 답은 오지 않았지만.

- 더운 나라에 다녀오느라 뒤섞여버린 여름 옷과 겨울 옷을 분

류했다. 생각보다 안 입는 옷들이 많았고 그중 몇 벌은 과감히 버릴 수 있었다. 1년 이상 입지 않았고 더 이상 손이 갈 것같지 않지만 고민되는 옷만 모았더니 큰 상자 하나가 가득찼다. 이 작업만으로도 속이 꽤 후련해졌다.

• 쓰지 않고 방치해둔 핸드폰과 노트북의 데이터를 모두 비우고 동생에게 물려줬다.

• 여러 지갑에 흩어져 있던 지폐를 한 곳에 정리했다.

• 여러 매체를 거치며 쓴 기사와 진행한 화보 등 그간 해온 작업물들을 한데 모아 정리했다. 귀차니즘과 무심함 탓에 매체가 바뀔 때마다 각기 다른 USB에 저장해 뒀는데, 집 안 어딘가에 있겠지만 어디 있는지는 도저히 기억나지 않아 '혹시 없어진 건 아니겠지?' 하는 생각이 떠오를 때마다 스트레스를 받곤 했다. 이제 마음의 짐을 한결 덜었다.

• 어려서나 지금이나 여전히 제일 가기 싫은 치과에 가서 스케

일링을 했다. 아, 개운해.

• 밀린 원고를 하나씩 완성하고 있다. 올해 안에는 못 끝내겠지
만 이렇게 하다 보면 뭐라도 되겠지.

천천히, 느리지만 하나씩 올해 미뤄둔 일들을 했다(아니, 지금도
해내고 있다고 해야 맞을 것이다). 따로 떼어놓고 보면 별 것 아닌 일
들이지만 하나씩 해나가다 보니 이상하게도 마음이 조금씩 개운
해졌다. 무너져가던 일상을 한 해의 끝에서 다시 일으켜 세우는
기분이 들었다.

한 해를 마무리하고 새로운 해를 맞이하기 위해 해야 할 것은
불꽃놀이도 먼 곳으로의 여행도 아니었다. 방치하고 미뤄두었지
만 일상을 반짝반짝 빛나게 해주는 일들을 더 이상 방치하지 않는
것이었다.

특별한 하루는 저 멀리 따뜻한 나라에 있는 것이 아니라 지금,
여기에 있다는 걸 깨달은 나는 2019년을 떠들썩한 카운트다운으

로 마무리하는 대신 따스한 홍차를 끓여 먹을 수 있는 밀크팬을 주문했다. 하루하루를 대하는 마음가짐이 모여 빛나는 한 해를 만든다는 것을 이제는 알기에.

질풍노도의 30대입니다만

초판 1쇄 인쇄 2020년 7월 7일
초판 1쇄 발행 2020년 7월 14일

지은이 김희성
그린이 김밀리
펴낸이 이범상
펴낸곳 (주)비전비앤피 · 애플북스

기획 편집 이경원 차재호 김승희 김연희 이가진 황서연 김태은
디자인 최원영 이상재 한우리
마케팅 한상철 이성호 최은석 전상미
전자책 김성화 김희정 이병준
관리 이다정

주소 우)04034 서울시 마포구 잔다리로7길 12 (서교동)
전화 02)338-2411 | **팩스** 02)338-2413
홈페이지 www.visionbp.co.kr
이메일 visioncorea@naver.com
원고투고 editor@visionbp.co.kr
인스타그램 www.instagram.com/visioncorea
포스트 post.naver.com/visioncorea

등록번호 제313-2007-000012호

ISBN 979-11-90147-23-1 03810

이 도서의 국립중앙도서관 출판시도서목록(CIP)은 서지정보유통지원시스템 홈페이지(http://seoji.nl.go.kr)와
국가자료공동목록시스템(http://www.nl.go.kr/kolisnet)에서 이용하실 수 있습니다.(CIP제어번호: CIP2020026274)